Learn German
with
Diana's Adventures

German A2 Reader

Brian Smith

German Graded Readers

For more books and E-book options visit:

www.briansmith.de

Diana in Gefahr

1. Ein geheimnisvoller Brief

Diana liebte es, durch die Straßen von München zu fahren. Ihr roter Sportwagen war glänzend und auffällig. Es war ein warmer Tag, und die Sonne schien auf die Dächer der Gebäude und auf die Bäume am Straßenrand.

Als sie vor einem gemütlichen Café parkte, bewunderten viele Menschen ihr Auto. Sie stieg aus, schloss die Tür und lief zum Eingang des Cafés. Das Café war altmodisch mit Holztischen und gemütlichen Stühlen. Überall hingen Bilder von München.

Sie setzte sich an einen Fensterplatz und bestellte einen Kaffee. „Einen Kaffee, bitte," sagte sie lächelnd zur Kellnerin. Während sie wartete, beobachtete sie die Menschen draußen.

Plötzlich bemerkte sie einen Mann am Nebentisch. Er war groß und trug einen dunklen Mantel. Seine Augen waren auf sie gerichtet. Er sah nicht gefährlich aus, aber Diana fühlte sich ein bisschen unwohl. Sie versuchte, ihn zu ignorieren und sah aus dem Fenster.

Dann kam die Kellnerin mit ihrem Kaffee und legte einen Brief neben ihre Tasse. „Für Sie," sagte sie und ging weg.

Diana war überrascht. „Für mich?" dachte sie. Sie nahm den Brief und sah, dass er keinen Absender hatte. Neugierig öffnete sie ihn und las: „Treff mich heute Abend im Park."

Diana war verwirrt. „Wer könnte das sein?" dachte sie. Sie war neugierig, aber auch ein bisschen ängstlich. War es der Mann am Nebentisch? Sie warf ihm einen kurzen Blick zu und sah, dass er immer noch sie beobachtete.

Sie griff nach ihrem Handy und rief ihre beste Freundin Lena an. „Hallo Lena, ich habe einen seltsamen Brief bekommen," sagte Diana.

„Wirklich? Was steht drin?" fragte Lena.

„Es steht: 'Treff mich heute Abend im Park.' Aber ich weiß nicht, von wem es ist," antwortete Diana.

Das war seltsam. Lena dachte einen Moment nach und sagte: „Du solltest nicht alleine zum Park gehen. Es könnte gefährlich sein."

„Ich weiß, aber ich bin so neugierig," sagte Diana.

„Warte, ich komme mit dir," bot Lena an. „Wir können uns beide umsehen und sicherstellen, dass alles in Ordnung ist."

Diana fühlte sich erleichtert. „Danke, Lena. Das wäre toll."

Sie verabredeten sich für den Abend und Diana verließ das Café. Als sie ging, sah sie den Mann am Nebentisch aufstehen und weggehen. Ihr Herz schlug schneller. Sie war nicht sicher, was sie tun sollte, aber sie war entschlossen, das Geheimnis des Briefes zu lüften.

auffällig - noticeable

Bäume - trees

bewunderten - admired

Brief - letter

Dächer - roofs

dunklen - dark

Eingang - entrance

erleichtert - relieved

Fensterplatz - window seat

gefährlich - dangerous

geheimnisvoller - mysterious

gemütlichen - cozy

Handy - mobile phone/cell phone

Holztischen - wooden tables

Kellnerin - waitress

lächelnd - smiling

Mantel - coat

neugierig - curious

Plötzlich - suddenly

schien - shone

Straßenrand - roadside

Treff - meet (as in "meet me...")

unwohl - uneasy

verabredeten sich - made an appointment/agreed to meet

Verließ - left

verwirrt - confused

wartete - waited

2. Das Treffen im Park

Der Park in München war bei Tag immer voller Leben. Kinder spielten, Menschen gingen spazieren, und die Vögel sangen. Aber in der Nacht war alles anders. Die Bäume warfen lange Schatten, und die Wege waren dunkel und still.

Diana und Lena trafen sich am Eingang des Parks. Diana trug eine Jeansjacke und hatte ihre dunklen, rot gefärbten Haare zu einem Pferdeschwanz gebunden. Lena hatte einen Schal um und hielt eine kleine Taschenlampe in der Hand.

„Es ist wirklich dunkel," bemerkte Diana.

Lena nickte. „Ja, und es ist auch ein bisschen gruselig. Bist du sicher, dass du das tun willst?"

Diana zögerte einen Moment. „Ich muss wissen, wer diesen Brief geschrieben hat und warum," antwortete sie.

Die beiden Frauen gingen langsam den Hauptweg entlang. Es war still, aber dann hörten sie plötzlich Geräusche. Es klang wie Schritte auf dem Kiesweg.

Diana flüsterte: „Hörst du das?"

Lena nickte. „Ja, jemand kommt."

Sie hielten inne und warteten. Aus dem Schatten trat der Mann vom Café hervor. Er war groß, hatte kurze braune Haare und trug einen dunklen Mantel. In der Dunkelheit schienen seine Augen besonders hell.

„Ich habe gewusst, dass du kommen würdest," sagte er ruhig.

Diana war überrascht. „Wer sind Sie?"

Er lächelte leicht. „Mein Name ist Max."

Lena trat einen Schritt vor. „Was wollen Sie von Diana?"

Max sah Diana an. „Ich wollte dich warnen, Diana. Es gibt Leute, die nach deinem roten Sportwagen suchen."

Diana war verwirrt. „Warum? Es ist nur ein Auto."

Max zögerte. „In deinem Auto ist etwas, das sie wollen. Ich weiß nicht genau, was es ist, aber es ist sehr wertvoll."

Diana dachte an den glänzenden roten Sportwagen, den sie so liebte. „Aber ich habe nichts Besonderes in meinem Auto."

Max zog ein kleines Papier aus seiner Tasche. „Hier ist meine Telefonnummer. Wenn du in Schwierigkeiten bist oder Fragen hast, ruf mich an."

Diana nahm das Papier und sah es sich an. „Warum helfen Sie mir?"

Max seufzte. „Weil ich nicht will, dass dir etwas passiert. Sei vorsichtig, Diana."

Lena schaute Max misstrauisch an. „Wie können wir Ihnen vertrauen?"

Max lächelte wieder. „Das musst du entscheiden. Aber ich bin hier, um zu helfen."

Diana nickte. „Danke, Max."

Die beiden Frauen verließen den Park schnell. Sie fühlten sich sicherer, als sie das Licht der Straßenlaternen sahen. Sie gingen zu Dianas Auto, das vor dem Park geparkt war.

„Was denkst du?" fragte Lena, als sie losfuhren.

Diana zögerte. „Ich weiß es nicht. Es ist alles so seltsam. Aber ich bin froh, dass du bei mir warst."

Lena lächelte. „Immer, Diana. Immer."

Als Diana zu Hause ankam, stellte sie fest, dass etwas nicht stimmte. Sie ging um ihr Auto herum und sah einen Kratzer an der Seite. Es sah aus, als hätte jemand versucht, die Tür zu öffnen.

„Oh nein," flüsterte sie.

Lena kam zu ihr. „Was ist passiert?"

Diana zeigte auf den Kratzer. „Jemand hat versucht, in mein Auto einzubrechen."

Lena war besorgt. „Wir müssen zur Polizei gehen."

Diana nickte. „Ja, morgen. Jetzt möchte ich nur ins Bett gehen und schlafen."

Die beiden Frauen gingen in Dianas Wohnung. Sie schlossen die Tür ab und zogen die Vorhänge zu. Sie wussten, dass die Nacht noch lange nicht vorbei war.

ankam - arrived

besorgt - worried

flüsterte - whispered

Geräusche - noises

gruselig - creepy

Hauptweg - main path

hielten inne - paused/stopped

Jeansjacke - denim jacket

Kiesweg - gravel path

Kratzer - scratch

misstrauisch - suspicious

Pferdeschwanz - ponytail

Polizei - police

ruhig - calm

Schal - scarf

Schatten - shadows

seufzte - sighed

spazieren - to walk, stroll

Taschenlampe - flashlight

Telefonnummer - phone number

Treffen - meeting

versucht - tried

Vögel - birds

warnen - to warn

Wege - paths (in this context)

Wohnung - apartment

zogen - pulled

zögerte - hesitated

3. Die Suche nach Antworten

Am nächsten Morgen war der Himmel bedeckt, und die Straßen von München waren feucht vom Regen der Nacht. Diana war noch immer beunruhigt wegen der Vorfälle des Vorabends und beschloss, zu einer Autowerkstatt zu fahren, um den Kratzer an ihrem roten Sportwagen untersuchen zu lassen.

Die Werkstatt war eine kleine Garage in einer Seitengasse. Ein Schild über der Einfahrt las „Toms Autowerkstatt". Als Diana ihr Auto vorfuhr, kam ein Mann in einem blauen Overall heraus. Er hatte kurze blonde Haare und freundliche, aber müde Augen.

„Guten Morgen," sagte Diana. „Ich habe einen Kratzer an meinem Auto und wollte fragen, ob Sie ihn reparieren können."

Der Mann, der offensichtlich Tom war, sah sich den Kratzer an. „Das ist kein normaler Kratzer," bemerkte er nach einer Weile.

Diana zögerte. „Was meinen Sie?"

Tom schaute sie ernst an. „Es sieht so aus, als hätte jemand versucht, die Tür mit einem Werkzeug zu öffnen."

Diana erzählte ihm von dem geheimnisvollen Brief und dem Treffen mit Max im Park. Tom hörte aufmerksam zu und schüttelte den Kopf. „Das klingt alles sehr seltsam. Sie sollten vorsichtig sein."

Diana nickte. „Das habe ich auch gedacht."

Plötzlich klingelte ihr Handy. Sie sah auf das Display und erkannte die Nummer nicht. „Hallo?" sagte sie vorsichtig.

Eine weibliche Stimme antwortete: „Pass auf dich auf, Diana."

Diana fühlte sich kalt. „Wer sind Sie? Was wollen Sie von mir?"

Die Frau lachte nur und legte auf.

Diana war verstört. „Was war das?" fragte Tom.

„Ein Anruf von einer unbekannten Nummer," antwortete Diana zitternd. „Sie hat mir gesagt, ich soll auf mich aufpassen."

Tom sah besorgt aus. „Vielleicht sollten Sie zur Polizei gehen."

Diana dachte einen Moment nach. „Vielleicht sollte ich Max anrufen. Er scheint mehr darüber zu wissen."

Sie wählte Max' Nummer. „Hallo Max, hier ist Diana. Ich habe gerade einen seltsamen Anruf bekommen."

Max klang besorgt. „Was haben sie gesagt?"

„Sie hat mir gesagt, ich soll auf mich aufpassen," antwortete Diana.

Max seufzte. „Diana, du musst dich verstecken. Es ist zu gefährlich."

„Aber wo?“ fragte Diana.

„Vielleicht bei deiner Freundin Lena?“ schlug Max vor.

Diana nickte, obwohl Max es nicht sehen konnte. „Ja, das ist eine gute Idee. Ich fahre jetzt zu ihr.“

Sie verabschiedete sich von Tom und stieg in ihr Auto. Während sie fuhr, bemerkte sie im Rückspiegel ein schwarzes Auto, das ihr folgte. Ihr Herz schlug schneller. Sie war sicher, dass sie verfolgt wurde.

Diana versuchte, ruhig zu bleiben und fuhr weiter zu Lenas Wohnung. Als sie ankam, parkte sie schnell und rannte ins Gebäude. Sie klingelte an Lenas Tür und wartete ungeduldig.

Lena öffnete die Tür und sah besorgt aus. „Was ist los, Diana?“

Diana atmete schwer. „Ich werde verfolgt. Jemand hat mir gedroht.“

Lena zog sie in die Wohnung. „Komm rein. Du bist hier sicher.“

Die beiden Frauen setzten sich auf das Sofa. Diana erzählte Lena alles, was passiert war, und Lena hörte aufmerksam zu. „Das klingt alles so verrückt,“ sagte sie schließlich.

Diana nickte. „Ich weiß. Aber ich muss herausfinden, was los ist.“

Lena nahm ihre Hand. „Wir werden es zusammen herausfinden.“

Diana lächelte dankbar. „Danke, Lena. Ich weiß nicht, was ich ohne dich tun würde.“

Die beiden Freundinnen saßen noch lange zusammen und überlegten, was sie als nächstes tun sollten. Sie wussten, dass die Gefahr noch nicht vorbei war, aber sie waren entschlossen, das Rätsel zu lösen.

Autowerkstatt - car workshop/garage

bedeckt - overcast, cloudy

bemerkte - noticed

beschloss - decided

Einfahrt - entrance/driveway

ernst - serious

freundliche - friendly

Gefahr - danger

herausfinden - to find out

kalt - cold (in this context, feeling cold/chilled)

klingelte - rang (like a phone)

müde - tired

Rätsel - mystery/puzzle

Regen - rain

Seitengasse - side alley

Schild - sign

verstört - disturbed, upset

Vorfälle - incidents

weibliche - female

Werkzeug - tool

zitternd - trembling

4. Gefahr in Sicht

Die Wohnung von Lena war klein aber gemütlich. Überall hingen Fotos von ihrer Familie und ihren Freunden. Ein goldener Teppich lag auf dem Holzboden und die weißen Wände strahlten eine warme Atmosphäre aus. Es war jedoch nicht die Einrichtung, die die Aufmerksamkeit der beiden Frauen in diesem Moment fesselte, sondern das, was draußen vor dem Fenster geschah.

Lena zog vorsichtig den Vorhang beiseite und spähte hinaus. „Da sind sie," flüsterte sie.

Diana trat an ihre Seite und sah zwei Männer, die vor dem Eingang des Hauses standen. Sie waren groß, einer von ihnen hatte eine Glatze und der andere trug einen Hut. Sie sprachen leise miteinander und schienen auf jemanden zu warten.

Dianas Herz schlug schnell. „Was wollen sie von mir?"

Lena überlegte kurz. „Erinnerst du dich an den alten Keller in meinem Haus? Es ist ein gutes Versteck."

Diana nickte. „Ja, ich erinnere mich."

Die beiden Frauen schlichen sich leise die Treppe hinunter in den Keller. Es war dunkel und kühl dort unten. Überall standen alte Kisten und Möbelstücke. Lena zündete eine Kerze an, und das flackernde Licht warf Schatten an die Wände.

Plötzlich hörten sie Geräusche von oben. Schritte. Die Männer waren ins Haus eingedrungen.

Diana griff nach ihrem Handy und wählte Max' Nummer. „Max," flüsterte sie, „sie sind hier."

Max antwortete sofort: „Bleibt ruhig. Ich bin in fünf Minuten bei euch."

Die Zeit schien stillzustehen. Diana und Lena lauschten angestrengt, aber nach einigen Minuten wurde es wieder still. Die Männer hatten das Haus verlassen.

Kurz darauf klopfte es an der Kellertür. Diana und Lena zuckten zusammen, aber dann hörten sie Max' Stimme. „Es ist okay, ich bin's."

Die Frauen öffneten die Tür und Max trat ein. Sein Gesicht war ernst. „Sie sind weg," sagte er. „Aber sie werden wiederkommen."

Diana sah ihn an. „Warum verfolgen sie mich? Was wollen sie?"

Max seufzte. „Es geht um deinen roten Sportwagen. In ihm ist etwas versteckt, das sie wollen."

Diana war verwirrt. „Aber ich verstehe nicht, warum. Es ist nur ein normales Auto."

Max schaute sie an. „Ich glaube, wir sollten uns dein Auto genauer ansehen."

Die drei machten sich auf den Weg zu Dianas Wohnung, wo das Auto geparkt war. Max untersuchte es gründlich und fand schließlich ein kleines Fach unter dem Beifahrersitz. Darin lag ein Umschlag.

Diana öffnete ihn und fand Fotos und Dokumente darin. Sie waren Beweise für kriminelle Aktivitäten, die von einem mächtigen Geschäftsmann in München veranstaltet wurden.

Max sah die Dokumente an. „Das erklärt alles. Diese Männer wollen diese Beweise zurück."

Diana war schockiert. „Aber wie sind sie in mein Auto gekommen?"

Max zuckte mit den Schultern. „Vielleicht hat jemand sie dort versteckt, um sie in Sicherheit zu bringen. Und jetzt sind sie hinter dir her, um sie zurückzubekommen."

Diana fühlte sich überfordert. „Was sollen wir jetzt tun?"

Max dachte einen Moment nach. „Wir müssen diese Beweise der Polizei geben. Aber zuerst müssen wir sicherstellen, dass du in Sicherheit bist."

Die drei Freunde machten einen Plan. Sie würden die Nacht bei Lena verbringen und am nächsten Morgen zur Polizei gehen. Es war eine lange und schlaflose Nacht, aber als der Morgen kam, fühlten sie sich bereit, sich den Herausforderungen zu stellen, die vor ihnen lagen.

Atmosphäre - atmosphere

Beifahrersitz - passenger seat

Einrichtung - furnishing, furniture

flackernde - flickering

Fotos - photos

Geschäftsmann - businessman

Glatze - bald head

Herausforderungen - challenges

Holzboden - wooden floor

Kisten - boxes

Kerze - candle

Keller - cellar/basement

Klopfte - knocked

Möbelstücke - pieces of furniture

schlichen - sneaked, crept

Teppich - carpet

Umschlag - envelope

Untersuchte - examined

veranstaltet - organized (in this context)

Versteck - hiding place

Wohnung - apartment

5. Das Geheimnis wird gelüftet

Das alte Lagerhaus lag am Rande von München, umgeben von verlassenen Gebäuden und leeren Straßen. Es war ein großes, graues Gebäude mit zerbrochenen Fenstern und einer großen Holztür. Der Wind pfiff durch die Lücken im Dach, und es roch muffig und alt.

Max, Diana und Lena betraten vorsichtig das Lagerhaus. Ihre Schritte hallten auf dem nackten Betonboden wider. Sie schalteten ihre Taschenlampen ein und begannen, sich umzusehen.

In einer Ecke fanden sie einen alten Schreibtisch, übersät mit Papieren und Dokumenten. Max begann sie zu durchsuchen und fand schließlich einen Ordner mit der Aufschrift „Dianas Auto".

Er öffnete ihn und fand darin Dokumente, die besagten, dass im Auto ein wertvoller Diamant versteckt war. Es war ein Erbstück, das seit Generationen in Dianas Familie war.

Diana war schockiert. „Das kann nicht sein," sagte sie. „Das Auto war ein Geschenk von meinem Onkel. Er hat mir nie etwas von einem Diamanten erzählt."

Lena sah sie an. „Vielleicht wusste er es selbst nicht. Oder er wollte dich schützen."

Max nickte. „Es macht Sinn. Diese Männer wollten den Diamanten, und deshalb haben sie dich verfolgt."

Diana fühlte sich überwältigt. „Was sollen wir jetzt tun?"

Max dachte einen Moment nach. „Wir müssen den Diamanten der Polizei geben. Es ist das Richtige."

Die drei Freunde verließen das Lagerhaus und fuhren zur nächsten Polizeistation. Sie übergaben den Diamanten und die Dokumente, und die Polizei versprach, die Männer zu finden und festzunehmen.

Einige Tage später erhielt Diana die Nachricht, dass die Männer gefasst und inhaftiert worden waren. Sie war erleichtert und dankte Max für seine Hilfe.

„Es war nichts," sagte er lächelnd. „Ich bin froh, dass ich helfen konnte."

Diana lächelte zurück. „Trotzdem danke."

Nach all dem Aufregung beschloss Diana, München für eine Weile zu verlassen. „Ich brauche eine Pause," sagte sie zu Lena. „Ich denke, ich werde eine Weile reisen."

Lena umarmte sie. „Pass auf dich auf. Und vergiss nicht, mir zu schreiben."

Diana lachte. „Das werde ich nicht."

Bevor sie ging, lud sie Lena und Max zu einem Abschiedsessen in einem schicken Restaurant in der Stadt ein. Sie saßen draußen unter den Sternen und aßen, tranken und lachten.

„Prost auf neue Abenteuer," sagte Max und hob sein Glas.

Diana lächelte. „Prost."

Nach dem Essen verabschiedete sich Diana von ihren Freunden und stieg in ihr rotes Auto. Sie warf einen letzten Blick zurück und fuhr dann in die Nacht hinein, bereit für das nächste Abenteuer.

Einige Wochen später, als sie durch Berlin fuhr, erhielt sie einen Anruf von einem unbekannten Absender. Die Stimme am anderen Ende war freundlich und einladend.

„Hallo Diana," sagte die Stimme. „Ich habe von deinen Abenteuern in München gehört und dachte, du könntest interessiert sein, an einem neuen Projekt in Berlin teilzunehmen."

Diana lächelte. „Ich höre zu."

Die Stimme lachte. „Gut. Dann lass uns anfangen."

Und so begann ein neues Kapitel in Dianas Leben, voller Geheimnisse, Abenteuer und unbekannter Möglichkeiten.

Absender - sender, caller (in this context)

Abschiedsessen - farewell dinner

Aufregung - excitement, agitation

betrat - entered

durchsuchen - to search through

Erbstück - heirloom

festzunehmen - to arrest

Geheimnis - secret

inhaftiert - incarcerated, imprisoned

Lagerhaus - warehouse

Lücken - gaps

muffig - musty

Onkel - uncle

Ordner - folder, binder

Prost - Cheers

roch - smelled

Schreibtisch - desk

übersät - littered, covered

übergaben - handed over

umarmte - hugged

Umgebung - surroundings

verlassenen - abandoned

verließ - left

versprach - promised

widerspiegeln - reflected (in this context, "echoed")

wertvoller - valuable

6. Geheimnisse in Berlin

Als Diana Berlin erreichte, spürte sie sofort die pulsierende Energie der Hauptstadt. Die historischen Straßen, das bunte Treiben der Menschen und die eindrucksvollen Gebäude - alles schien in einem lebhaften Rhythmus zu vibrieren.

An ihrem ersten Tag beschloss Diana, den Mauerpark zu besuchen, von dem sie so viel gehört hatte. Während sie durch den Park schlenderte, beobachtete sie Straßenkünstler, hörte Musikern zu und genoss die entspannte Atmosphäre. Es war dort, dass ihr Blick auf eine beeindruckende blonde Frau fiel, die am Rand des Parks saß und in ein Buch vertieft war. Ihr langes, goldenes Haar glänzte in der Sonne, und ihre tiefblauen Augen schienen Geschichten zu erzählen.

Diana zögerte einen Moment, ging dann aber auf die Frau zu und sagte: „Entschuldigung, ich bin neu in Berlin. Kannst du mir einen guten Ort zum Essen empfehlen?"

Die blonde Frau sah auf und lächelte. „Natürlich! Mein Name ist Frieda. Es gibt ein tolles Café in der Nähe. Möchtest du mitkommen?"

Die beiden Frauen verstanden sich auf Anhieb und verbrachten den Tag gemeinsam. Sie schlenderten zum Alexanderplatz, wo sie das beeindruckende Fernsehturm bewunderten, und gingen dann zur East Side Gallery, wo sie die farbenfrohen Graffitis auf den Mauerresten betrachteten.

Am Abend setzten sie sich in ein gemütliches Restaurant. Bei Kerzenschein und sanfter Musik erzählte Frieda Diana von ihrer Vergangenheit, ihrer Verbindung zu einer Berliner Bande und den Schulden, die sie bei ihnen hatte.

„Ich war jung und naiv", sagte Frieda leise. „Ich habe mich mit den falschen Leuten angefreundet und Dinge getan, die ich jetzt bereue."

Diana legte ihre Hand auf Friedas und sah ihr in die Augen. „Jeder macht Fehler. Das Wichtigste ist, daraus zu lernen."

In diesem Moment bemerkte Diana einen Mann am anderen Ende des Restaurants, der sie und Frieda intensiv beobachtete. Als Frieda seinem Blick folgte, wurde sie blass und nervös.

„Das ist der Mann, von dem ich dir erzählt habe", flüsterte sie. „Er arbeitet für den ausländischen Geheimdienst, der mich kontaktiert hat."

Diana war alarmiert. „Warum verfolgt er dich?"

Frieda zögerte einen Moment, bevor sie antwortete: „In meiner Jugend habe ich politische Geheimnisse über einige einflussreiche Personen entdeckt. Diese Informationen sind sehr wertvoll, und jetzt sind sie hinter mir her."

Diana spürte, wie das Gewicht der Situation auf ihren Schultern lastete, aber sie wusste, dass sie Frieda helfen musste. „Wir müssen hier weg", sagte sie bestimmt.

Die beiden Frauen verließen das Restaurant und begaben sich auf die windigen Straßen Berlins. Sie wussten, dass sie Hilfe brauchten und entschieden sich, Dianas alten Freund zu kontaktieren, der bei der Berliner Polizei arbeitete.

In einer stillen Ecke eines Cafés rief Diana ihn an. „Hallo, Jürgen. Ich brauche deine Hilfe..."

Während sie am Telefon sprach, schaute Frieda aus dem Fenster und beobachtete die Passanten. Sie fühlte sich dankbar für Dianas Unterstützung und hoffte, dass sie gemeinsam einen Weg finden würden, dieser gefährlichen Situation zu entkommen.

Die beiden Frauen wussten, dass die nächsten Tage eine Herausforderung sein würden, aber sie waren entschlossen, sich den Gefahren zu stellen und Friedas Geheimnisse zu schützen. Es war der Beginn eines Abenteuers, das ihre Bindung nur stärken würde.

Alexanderplatz - Alexander Square (a famous square in Berlin)

Bande - gang

beeindruckende - impressive

bunte Treiben - colorful hustle and bustle

entspannte - relaxed

Fernsehturm - television tower

Geheimdienst - secret service/intelligence agency

Geheimnisse - secrets

Hauptstadt - capital (city)

Mauerpark - Mauerpark (a famous park in Berlin)

Mauerresten - remains of the wall

Passanten - passersby, pedestrians

pulsierende - pulsating, vibrant

Schulden - debts

Straßenkünstler - street artists, busker

Unterstützung - support

windigen - windy

Jugend - youth, young age

7. Schattenspiele

In den stillen Straßen von Kreuzberg, hinter einer unauffälligen Fassade, verbarg sich das sichere Haus, das Jürgen, der Polizist und Dianas alter Freund, für die beiden Frauen organisiert hatte. Das Interieur war schlicht, aber gemütlich. Warmes Licht drang durch die zugezogenen Vorhänge, und die Wände waren mit Bücherregalen gefüllt.

„Danke, Jürgen", sagte Diana, als sie sich in einem der Stühle niederließ. „Ohne deine Hilfe wären wir verloren."

Jürgen nickte. „Es ist meine Pflicht, euch zu helfen. Aber ihr müsst vorsichtig sein."

Frieda, die am Fenster stand und hinausblickte, seufzte. „Ich wünschte, ich hätte dir nie von meinen Problemen erzählt, Diana. Jetzt bist du auch in Gefahr."

Diana lächelte und trat zu ihr. „Zusammen schaffen wir das."

Die beiden Frauen setzten sich und begannen zu planen. Frieda holte einen kleinen USB-Stick aus ihrer Tasche. „Hier sind die Beweise", sagte sie. „Verschlüsselt und sicher."

Diana runzelte die Stirn. „Wir müssen diese Informationen an die richtige Person weitergeben. Jemanden, dem wir vertrauen können."

„Ich kenne einen Journalisten", sagte Frieda. „Er arbeitet für eine große Zeitung und ist bekannt für seine Integrität."

Sie arrangierten ein Treffen in einem kleinen Café in Neukölln. Es war ein versteckter Ort, bekannt nur für die Einheimischen. Als sie das Café betraten, bemerkten sie, dass sie verfolgt wurden. Sie beschleunigten ihren Schritt und führten ihre Verfolger durch die verwinkelten Straßen Berlins in ein spannendes Katz-und-Maus-Spiel.

„Wir müssen sie abhängen!", keuchte Diana, als sie um eine Ecke bogen.

Mit einer schnellen Bewegung zog Frieda Diana in einen engen Durchgang und drückte sie gegen die Wand. Sie warteten, bis die Schritte ihrer Verfolger verklungen waren, und atmeten dann erleichtert auf.

Das Treffen mit dem Journalisten, Herrn Schulz, war für den späten Nachmittag angesetzt. Als sie das Café betraten, sahen sie ihn an einem Tisch sitzen, eine Zeitung lesend.

„Herr Schulz?", fragte Diana vorsichtig.

Er sah auf und lächelte. „Frau Diana und Frau Frieda, nehme ich an? Setzen Sie sich."

Die Frauen setzten sich und begannen, ihm von den Beweisen zu erzählen, die sie hatten. Doch bevor sie ihm den USB-Stick übergeben konnten, stürzten mehrere Männer ins Café und entführten Herrn Schulz.

Diana und Frieda waren schockiert. Sie wussten, dass sie handeln mussten. „Wir müssen ihn retten", sagte Frieda entschlossen.

„Ja", stimmte Diana zu. „Und wir müssen die Wahrheit ans Licht bringen."

Die beiden Frauen machten sich auf den Weg, den Journalisten zu retten und sich den Gefahren zu stellen, die sie erwarteten. Sie waren entschlossen, für das zu kämpfen, was richtig war, und würden nicht aufhören, bis die Wahrheit enthüllt war.

Beweise - evidence, proof

Durchgang - passageway, alleyway

Fassade - facade

Integrität - integrity

Journalist - journalist

Katz-und-Maus-Spiel - cat-and-mouse game

keuchte - gasped

Kreuzberg - Kreuzberg (a district in Berlin)

Neukölln - Neukölln (a district in Berlin)

retten - to rescue, to save

Schattenspiele - shadow plays (title, might refer to hidden activities or the play of events)

schlicht - simple, plain

verschlüsselt - encrypted

versteckter - hidden, concealed

Verwinkelten - winding, meandering

Zeitung - newspaper

8. Der Angriff

Das alte Fabrikgebäude in Friedrichshain sah von außen verlassen und einschüchternd aus. Die hohen, zerbrochenen Fenster und der abblätternde Putz erzählten Geschichten vergangener Tage. Aber Diana und Frieda wussten, dass dieses Gebäude alles andere als verlassen war. Es war das Versteck der Bande.

In der Dunkelheit, nur vom schwachen Licht der Straßenlaternen beleuchtet, schlichen sich die beiden Frauen an das Gebäude heran. „Bist du sicher, dass das eine gute Idee ist?", flüsterte Frieda nervös.

Diana sah sie fest an. „Wir müssen Herrn Schulz retten. Er hat wichtige Informationen, die die Welt wissen muss."

Mit großer Vorsicht öffnete Diana eine Seitentür des Gebäudes. Sie traten in einen großen, dunklen Raum ein, der von den Geräuschen tropfenden Wassers und entfernten Stimmen erfüllt war.

Sie schlichen sich vorsichtig vorwärts, wobei sie sich in den Schatten hielten, um nicht entdeckt zu werden. Schließlich fanden sie Herrn Schulz, gefesselt und geknebelt in einer Ecke.

Diana eilte zu ihm und löste die Fesseln. „Herr Schulz, sind Sie in Ordnung?", fragte sie besorgt.

Der Journalist nickte. „Ja, aber wir müssen hier raus. Sie wissen, dass ich mit euch in Kontakt bin."

Bevor sie reagieren konnten, hörten sie Stimmen und das Klappern von Waffen. Der ausländische Geheimdienst war ebenfalls im Gebäude, und ein heftiger Schusswechsel begann.

Diana, Frieda und Herr Schulz suchten Schutz hinter einer großen Maschine. Kugeln pfiffen über ihre Köpfe hinweg. „Wir müssen hier raus!", schrie Frieda über den Lärm hinweg.

Sie nutzten eine kurze Pause im Feuergefecht, um sich zu einem Ausgang zu bewegen. Mit viel Glück gelang es ihnen, das Gebäude zu verlassen und in die Dunkelheit der Nacht zu entkommen.

Zurück in ihrem Versteck in Kreuzberg atmeten sie erleichtert auf. Frieda setzte sich an einen Computer und begann, den USB-Stick zu entschlüsseln. „Was steht drauf?", fragte Diana gespannt.

Friedas Augen weiteten sich vor Schock. „Es sind Informationen über politische Intrigen, Bestechung und Korruption auf höchster Ebene!"

Herr Schulz nahm den USB-Stick. „Ich werde dafür sorgen, dass diese Informationen veröffentlicht werden. Die Welt muss die Wahrheit wissen."

Die folgenden Tage waren für alle eine emotionale Achterbahnfahrt. Mit der Veröffentlichung der Informationen brach ein Skandal von beispielloser Größe aus.

Erschöpft von den Ereignissen, beschloss Frieda, Berlin für eine Weile zu verlassen. „Ich brauche eine Pause von all dem", sagte sie traurig zu Diana.

Diana umarmte sie fest. „Ich verstehe. Aber versprich mir, dass du in Kontakt bleibst."

Frieda lächelte. „Natürlich. Und danke, dass du an meiner Seite warst."

Achterbahnfahrt - roller coaster ride (figuratively used here to represent emotional ups and downs)

Angriff - attack, assault (title)

Bestechung - bribery

entschlüsseln - to decrypt

Fabrikgebäude - factory building

Fesseln - ties, bonds (here referring to physical restraints)

Feuergefecht - firefight, gunfight

Friedrichshain - Friedrichshain (a district in Berlin)

geknebelt - gagged

Intrigen - intrigues

Korruption - corruption

Maschine - machine

pfiffen - whistled (referring to the bullets)

Putz - plaster

Schusswechsel - exchange of fire

Skandal - scandal

Veröffentlichung - publication, release

Versteck - hideout

Waffen - weapons

weiteten - widened (referring to eyes)

Das Schloss

1. Ein unerwarteter Anruf

Diana saß auf ihrem Balkon in Berlin und genoss die Sonnenstrahlen, als ihr Handy klingelte. Auf dem Bildschirm leuchtete Friedas Name auf. Ein Lächeln huschte über Dianas Lippen, und sie nahm den Anruf entgegen.

„Hallo Frieda, wie geht es dir?", fragte Diana.

„Hey Diana, es ist so schön, deine Stimme zu hören. Ich bin in diesem alten Schloss, von dem ich dir erzählt habe. Es ist hier wunderschön, und ich wünschte, du wärst hier", antwortete Frieda mit einem leichten Zittern in der Stimme.

Diana fühlte, dass etwas nicht stimmte. „Ist alles in Ordnung, Frieda?", fragte sie besorgt.

„Ja, ja, alles ist gut. Ich würde dich nur gerne hier bei mir haben. Kannst du kommen?", bat Frieda.

„Natürlich", antwortete Diana ohne zu zögern. „Ich packe meine Sachen und bin unterwegs."

Wenige Stunden später setzte sich Diana in ihren roten Sportwagen und fuhr durch die malerische Landschaft in Richtung des alten Schlosses. Als sie das imposante Gebäude erreichte, das von dichten Wäldern umgeben war, fühlte sie eine Mischung aus Aufregung und Nervosität.

Frieda wartete am Eingang und begrüßte Diana mit einer herzlichen Umarmung. Sie trug ein weißes Sommerkleid, das ihre blonde Haarpracht perfekt zur Geltung brachte. „Ich bin so froh, dass du hier bist", flüsterte sie.

Nachdem sie Dianas Gepäck ins Schloss gebracht hatten, schlug Frieda vor, gemeinsam einkaufen zu gehen. Das nächste Dorf war nur eine kurze Autofahrt entfernt. Dort schlenderten sie Hand in Hand durch die kleinen Gassen. Diana kaufte Zahnpasta und eine neue Zahnbürste, während Frieda frische Zutaten für das Abendessen aussuchte: Gemüse, Pasta und eine Flasche Rotwein.

Zurück im Schloss bereiteten sie das Essen in der großzügigen Küche zu. Diana schnitt das Gemüse, während Frieda die Pasta kochte. Während sie kochten, tanzten sie zur Musik eines alten Radios und lachten herzlich.

Nachdem sie das Essen zubereitet hatten, halfen sie sich gegenseitig, sich für das Abendessen anzuziehen. Diana wählte ein schlichtes schwarzes Kleid, während Frieda ein rotes Seidenkleid trug. Sie sahen sich im Spiegel an und komplimentierten sich gegenseitig.

Beim Abendessen sprachen sie über alles Mögliche – von ihren Kindheitserinnerungen bis zu ihren Träumen für die Zukunft. Während sie den Rotwein tranken, sahen sie sich tief in die Augen und spürten eine tiefe Verbindung.

„Diana", begann Frieda zögerlich, „es gibt etwas, das ich dir sagen muss."

„Was ist es?", fragte Diana besorgt.

„Ich liebe dich", gestand Frieda. „Ich habe das Gefühl, dass wir füreinander bestimmt sind."

Diana lächelte und nahm Friedas Hand. „Ich fühle dasselbe", antwortete sie.

Der Abend endete mit einer tiefen Umarmung und dem Versprechen, den nächsten Tag gemeinsam zu verbringen und mehr über das Schloss und seine Geheimnisse zu erfahren.

Abendessen - dinner

aufregen - to excite

Balkon - balcony

Gepäck - luggage

Gassen - alleys, lanes

Gemüse - vegetables

Geheimnisse - secrets

großzügigen - spacious

herzlich - hearty, cordial

imposante - imposing

klingelte - rang

Landschaft - landscape

malerische - picturesque

Nervosität - nervousness

Pasta - pasta (Italian noodles)

Rotwein - red wine

Schloss - castle

Seidenkleid - silk dress

Sonnenstrahlen - sun rays

Spiegel - mirror

zögerlich - hesitantly

2. Ein Tag im Schloss

Der Morgen im Schloss begrüßte Diana mit sanftem Vogelgezwitscher und goldenen Sonnenstrahlen, die durch die schweren Vorhänge ihres Zimmers schimmerten. Sie streckte sich im großen, bequemen Bett aus und rieb sich die Augen, bevor sie aufstand, um sich frisch zu machen.

Im Badezimmer putzte Diana sorgfältig ihre Zähne und betrachtete ihr Spiegelbild. Ihre dunkelroten Haare waren leicht zerzaust, und sie band sie zu einem lockeren Zopf zusammen. Das kühle Wasser erfrischte ihr Gesicht und weckte sie vollends auf.

Während Diana sich anzog, roch sie den Duft von frisch gebratenen Spiegeleiern und Toast. Sie folgte dem verführerischen Aroma in die Küche, wo Frieda bereits fleißig am Herd stand. „Guten Morgen, Schlafmütze," begrüßte Frieda sie mit einem Lächeln.

„Morgen", antwortete Diana und küsste Frieda auf die Wange. „Das riecht köstlich!"

Gemeinsam setzten sie sich an den alten Holztisch, der von der Morgensonne erleuchtet wurde. Frieda servierte die Spiegeleier und den Toast, und sie genossen ihr Frühstück in trauter Zweisamkeit.

Nach dem Essen stand der Abwasch an. Während Diana die Teller und Tassen spülte, bildeten sich schäumende Seifenblasen im Spülbecken, was die beiden zum Lachen brachte. Frieda spritzte Diana spielerisch mit Wasser, was zu einem kleinen Wasserkampf führte.

„Du Schlingel!", rief Diana lachend und spritzte zurück.

Nachdem der Spaß vorbei war, entschieden sie sich, die Wäsche zu waschen. Sie sammelten die schmutzige Kleidung und gingen zum alten Waschraum des Schlosses. Dort wuschen sie alles per Hand, wrangen es aus und hängten es dann draußen im Garten zum Trocknen auf. Der Wind spielte mit den Tüchern und ließ sie sanft flattern.

Mittags beschlossen sie, etwas Besonderes zu kochen. Sie probierten ein lokales Rezept aus, das sie in einem alten Kochbuch des Schlosses gefunden hatten. Während sie kochten, unterhielten sie sich und genossen die Nähe des anderen.

Später gingen sie Hand in Hand durch den wunderschön angelegten Schlossgarten, bewunderten die Blumen und hörten dem Plätschern des kleinen Brunnens zu. Es war ein perfekter Moment der Ruhe.

Am Nachmittag zogen sie sich in das gemütliche Wohnzimmer zurück, kuschelten sich auf das Sofa und lasen gemeinsam ein Buch. Die Zeit verging wie im Flug, und bald war es Zeit für das Abendessen. Wieder in der Küche bereiteten sie ein einfaches, aber köstliches Essen zu und öffneten dazu eine Flasche Wein. Sie stießen auf ihre Liebe an und genossen den Moment.

Nach dem Essen führte Diana Frieda in den Salon, wo ein altes Klavier stand. Sie setzte sich hin und begann, ein Lied für Frieda zu spielen und zu singen. Die Noten füllten den Raum, und Frieda hörte mit geschlossenen Augen zu, berührt von Dianas Stimme.

Als das Lied endete, stand Frieda auf und reichte Diana die Hand. „Tanz mit mir", flüsterte sie. Bei gedämpftem Licht und im Schein des Mondes tanzten die beiden durch den Raum, eng umschlungen und versunken in ihrer eigenen Welt.

Dieser magische Moment im Schloss, fernab von allem Trubel, zeigte Diana und Frieda, dass wahre Liebe alle Hindernisse überwinden kann. Es war ein Tag, den sie nie vergessen würden.

Abwasch - dishwashing

angelegten - laid out, arranged

Aroma - aroma

bequemen - comfortablc

berührt - touched, moved (emotionally)

Brunnens - fountain

Duft - scent

eng - closely

erfrischte - refreshed

Fleißig - diligent, hard-working

Flug - flight (in context: time flies)

gedämpftem - dimmed

gebratenen - fried

Gemütliche - cozy

Hindernisse - obstacles

Holztisch - wooden table

Klavier - piano

kuschelten - cuddled

Lächeln - smile

lokales - local

Plätschern - splashing

Salon - parlor, salon

Schlafmütze - sleepyhead

schäumende - foamy

Seifenblasen - soap bubbles

Schlingel - rascal

Spülbecken - sink

Tassen - cups

trauter - intimate

Trocknen - drying

umschlungen - embraced, entwined

verführerischen - tempting

versunken - engrossed, immersed

Vogelgezwitscher - bird chirping

Waschraum - laundry room

Wasserkampf - water fight

zerzaust - tousled

Zopf - braid

3. Wiedersehen und Eifersucht

Die morgendliche Sonne drang durch die Vorhänge des Schlosses und badete das Zimmer in einem sanften goldenen Licht. Diana und Frieda lagen nebeneinander, eingehüllt in die warmen Decken. Sie genossen die Ruhe des Morgens und das Frühstück, das sie gemeinsam im Bett teilten.

„Wir sollten heute rausgehen", schlug Frieda vor, „vielleicht ein paar der umliegenden Dörfer erkunden."

Diana stimmte zu, und bald fanden sie sich in einem charmanten Vintage-Laden wieder, wo sie Kleider anprobierten und über alte Erinnerungsstücke lachten. Es war ein besonderer Moment, als Diana ein schönes Medaillon für Frieda fand und es ihr schenkte. Im Gegenzug kaufte Frieda ein altes Tagebuch für Diana, in dem sie ihre Gedanken festhalten konnte.

Beim Mittagessen in einem gemütlichen lokalen Café, saßen die beiden gegenüber und tauschten Blicke aus, die mehr sagten als tausend Worte. Zwischen Bissen von frischen Brötchen und lokalem Käse erzählte Diana Frieda von ihrer Kindheit in München, von ihren Träumen und ihren Ängsten. Frieda hörte aufmerksam zu und teilte im Gegenzug ihre eigenen Träume und Hoffnungen für die Zukunft.

Während dieses tiefgreifenden Gesprächs bemerkten sie nicht, dass sie beobachtet wurden. Lena, Dianas alte Flamme aus München, hatte durch soziale Medien herausgefunden, wo sich Diana aufhielt. Die unerledigten Gefühle und die nicht abgeschlossene Beziehung zu Diana hatten sie hierher geführt.

Als Diana und Frieda das Café verließen, stand Lena im Schatten eines Baumes und beobachtete sie. Sie folgte ihnen zurück zum Schloss und betrat den Hof, gerade als Frieda sich von Diana verabschiedete, um einen kurzen Spaziergang zu machen.

Lena trat hervor und stand Frieda gegenüber. Die Luft zwischen ihnen war elektrisch geladen. „Wer bist du?", fragte Frieda misstrauisch.

„Ich bin Lena. Und wer bist du?", entgegnete Lena mit einem funkelnden Blick.

„Frieda. Ich bin... eine Freundin von Diana", antwortete sie zögerlich.

Die beiden Frauen tauschten einen langen Blick aus, in dem sich Eifersucht, Neugier und Unsicherheit mischten. Als Diana zurückkehrte und die beiden Frauen sah, erstarrte sie.

„Lena? Was machst du hier?", fragte Diana überrascht.

Lena zuckte die Schultern. „Ich musste dich sehen, Diana. Ich konnte nicht einfach so tun, als wäre alles vorbei."

Diana blickte zwischen Frieda und Lena hin und her, unsicher, wie sie auf diese unerwartete Situation reagieren sollte. Das eifersüchtige Dreiecks-Drama hatte begonnen und versprach, die Beziehungen und Gefühle aller Beteiligten auf den Kopf zu stellen. Das Schloss, das bisher ein Ort des Friedens und der Ruhe war, wurde plötzlich zum Schauplatz von Spannungen und Konflikten.

badete - bathed

Brötchen - rolls (bread)

Dreiecks-Drama - triangular drama

elektrisch geladen - electrically charged

Erinnerungsstücke - mementos, keepsakes

Flamme - flame (in this context, it refers to an old love interest)

frischen - fresh

funkelnden - sparkling

Gedanken - thoughts

gemütlichen - cozy

hervor - forth, forward

Hof - courtyard

Käse - cheese

Medaillon - locket

mischten - mixed

Neugier - curiosity

Schauplatz - scene, stage

soziale Medien - social media

Spannungen - tensions

unerledigten - unfinished, unresolved

umliegenden - surrounding

versprach - promised

Vintage-Laden - vintage store

zögerlich - hesitantly

4. Verwirrte Herzen

Das Schloss, in dem die drei Frauen untergebracht waren, hatte eine Atmosphäre von altertümlicher Eleganz, aber auch von verborgenen Geheimnissen. Diana stand im Hauptwohnzimmer, den Blick fest auf das prasselnde Feuer im Kamin gerichtet, während ihre Gedanken in der Zeit zurückgingen. Lena, die sie seit ihrer gemeinsamen Zeit in München kannte, hatte eine besondere Stelle in ihrem Herzen. Ihre gemeinsame Geschichte war voller Höhen und Tiefen, und die jüngsten Ereignisse hatten diese Erinnerungen wiederbelebt.

„Diana, erinnerst du dich an den Sommer, als wir zusammen auf dem Oktoberfest waren?", fragte Lena mit einem wehmütigen Lächeln, als sie sich neben Diana setzte.

Ein Lächeln huschte über Dianas Gesicht, aber es war ein Lächeln, das mehr Schmerz als Freude zeigte. „Ja, das war eine besondere Zeit", antwortete sie, während sie Lenas Hand nahm. Die beiden Frauen tauschten einen langen, bedeutungsvollen Blick aus.

In der Zwischenzeit fand Frieda Trost in der Stille des weitläufigen Schlossgartens. Der Garten war in voller Blüte, und die Duft von Rosen und Lavendel füllte die Luft. Doch trotz der Schönheit um sie herum, fühlte sie sich einsam und verletzt. Dianas Beziehung zu Lena machte ihr Sorgen, und sie fragte sich, ob sie jemals einen festen Platz in Dianas Herz haben würde.

Als Diana Friedas Abwesenheit bemerkte, entschied sie sich, sie zu suchen. Sie fand Frieda auf einer Bank im Garten, die Augen geschlossen, Tränen auf den Wangen. „Frieda?", rief Diana sanft, als sie sich näherte. Frieda öffnete die Augen und sah Diana an. Es gab so viel, was sie sagen wollte, aber die Worte schienen ihr im Hals stecken zu bleiben.

„Ich... Ich habe Angst, Diana", flüsterte Frieda schließlich. „Angst davor, wieder verletzt zu werden."

Während die beiden Frauen sich im Garten unterhielten, machte Lena einen Spaziergang durch das nahegelegene Dorf. Sie traf auf einen alten Bekannten, der ihr von Friedas Vergangenheit erzählte, einer Vergangenheit, die voller Herzschmerz und gebrochenen Beziehungen war.

Zurück im Schloss kam es zu einer hitzigen Auseinandersetzung zwischen Diana und Lena. Frieda konnte nicht anders, als zuzuhören, während die beiden Frauen über ihre gemeinsame Geschichte und ihre aktuellen Gefühle sprachen. Es war offensichtlich, dass beide Frauen immer noch tiefe Gefühle füreinander hatten, was Frieda noch unsicherer machte.

Die Spannungen erreichten ihren Höhepunkt beim Abendessen, als die drei Frauen versuchten, ihre Differenzen zu klären. Es gab viele Tränen, Schuldzuweisungen und auch Momente der Versöhnung.

„Woher weißt du überhaupt von meiner Vergangenheit?", fragte Frieda Lena, die Augenbrauen zusammengezogen.

„Es spielt keine Rolle, wie ich es herausgefunden habe", antwortete Lena scharf. „Was zählt, ist, dass Diana die Wahrheit wissen sollte."

„Welche Wahrheit?", fragte Diana, den Blick fest auf Lena gerichtet.

„Die Wahrheit darüber, wie Frieda ihre früheren Beziehungen behandelt hat", antwortete Lena.

Die Atmosphäre im Raum war geladen, aber schließlich, nach einer langen und emotionalen Unterhaltung, schien es, als ob die drei Frauen einen Weg gefunden hatten, ihre Differenzen zu überwinden und gemeinsam nach vorne zu schauen.

altertümlicher - ancient, antiquated

Atmosphäre - atmosphere

Augenbrauen - eyebrows

gemeinsam - together

herausgefunden - found out

Herzschmerz - heartache

hitzigen - heated

Höhen und Tiefen - ups and downs

Kamin - fireplace

Lavendel - lavender

prasselnde - crackling

Schuldzuweisungen - accusations, blame

Spaziergang - walk, stroll

Tränen - tears

Versöhnung - reconciliation

wehmütigen - wistful

wiederbelebt - revived

zuzuhören - to listen in

5. Zwischen Vergangenheit und Zukunft

Das Morgenlicht durchbrach die dicken Vorhänge des Schlafzimmers und tauchte den Raum in ein sanftes, goldenes Leuchten. Frieda und Diana hatten beschlossen, einen Ausflug in die Umgebung zu machen, um ihre Gedanken zu klären und von den jüngsten Ereignissen Abstand zu gewinnen. Die beiden Frauen machten sich in Dianas rotem Sportwagen auf den Weg, die Landschaft raste an ihnen vorbei und bot eine willkommene Ablenkung von ihren inneren Turbulenzen.

„Weißt du, Frieda", begann Diana nach einer Weile, „dieser ganze Zwist zwischen uns dreien… es zerreißt mich innerlich. Ich habe Gefühle für dich, das weißt du. Aber ich kann nicht leugnen, dass ich auch immer noch an Lena hänge."

Frieda schaute aus dem Fenster, um ihre Tränen zu verbergen. „Ich verstehe das, Diana. Und ich danke dir für deine Ehrlichkeit. Aber was bedeutet das für uns?"

Während die beiden Frauen versuchten, ihre Gefühle in Worte zu fassen, nutzte Lena die Zeit, um im Schloss nach Hinweisen auf Friedas Vergangenheit zu suchen. Sie hatte das Gefühl, dass Frieda Geheimnisse hatte, und sie wollte herausfinden, was diese waren. In einem versteckten Raum stieß sie auf ein altes Fotoalbum, das Bilder von Frieda als junges Mädchen zeigte, zusammen mit Menschen, die Lena nicht kannte.

Als Frieda und Diana zurückkehrten, konfrontierte Lena Frieda mit dem Fotoalbum. „Wer sind diese Leute, Frieda?", fragte sie vorwurfsvoll.

Frieda schluckte hart. „Das sind Erinnerungen aus meiner Vergangenheit, bevor ich hierher kam. Ich wollte nicht, dass jemand davon erfährt."

„Aber warum?", drängte Lena.

Frieda nahm einen tiefen Atemzug. „Weil es eine Zeit in meinem Leben war, die ich vergessen wollte. Eine Zeit, in der ich Fehler gemacht habe und Menschen verletzt habe."

Diana stand in der Mitte des Raumes, fühlte sich hin- und hergerissen zwischen den beiden Frauen, die sie liebte. Sie wusste nicht, was sie sagen sollte, um den Frieden wiederherzustellen.

Die Nacht wurde lang, gefüllt mit Tränen, Vorwürfen und auch Momenten der Versöhnung. Lena entschuldigte sich bei Frieda für das Durchstöbern ihrer Sachen, Frieda gestand einige ihrer Fehler und Diana versuchte, zwischen den beiden zu vermitteln.

Gerade als sie dachten, dass sie einen gemeinsamen Nenner gefunden hatten und die Dinge sich beruhigten, klopfte es plötzlich an die Tür des Schlosses. Die drei Frauen sahen sich überrascht an, niemand hatte sie erwartet.

Diana ging zur Tür und öffnete sie vorsichtig. Draußen stand ein Mann, nass vom Regen und mit einem entschuldigenden Lächeln auf den Lippen.

„Entschuldigung für die Störung", sagte er. „Mein Name ist Karl. Mein Auto ist ein paar Kilometer von hier liegen geblieben, und ich brauche einen Ort, um die Nacht zu verbringen. Kann ich vielleicht bei euch Unterschlupf finden?"

Diana zögerte einen Moment und warf dann einen Blick über ihre Schulter zu Frieda und Lena. Was würde dieser neue Besucher für das bereits komplizierte Liebesdreieck bedeuten? Es blieb abzuwarten.

Abstand - distance

Ablenkung - distraction

beruhigten - calmed down

Durchstöbern - rummaging through

entschuldigenden - apologetic

Fehler - mistakes

inneren Turbulenzen - inner turbulences

konfrontierte - confronted

leugnen - deny

Liebesdreieck - love triangle

nass - wet

Schluckte - swallowed

Störung - disturbance

Unterschlupf - refuge, shelter

vorwurfsvoll - accusingly

zerreißt - tears apart

6. Unerwarteter Besucher

Der schwere Regen prasselte gegen die Fenster des Schlosses, als Diana die Tür für den unbekannten Besucher öffnete. Vor ihr stand ein durchnässtes Bild eines Mannes in eleganten Kleidern. „Entschuldigung für die Störung", sagte er mit einem charmanten Lächeln, „ich bin Karl."

Die Frauen nahmen ihn im Schloss auf, führten ihn ins Wohnzimmer und reichten ihm ein Handtuch. Während er sich trocknete, stellte er sich als ein reisender Millionär vor, der in seinem Leben viele Orte gesehen hatte. Sein Auto war wegen des Sturms in der Nähe des Schlosses liegen geblieben. „Ich hoffte, hier Schutz zu finden", erklärte er.

Karl war ein hervorragender Geschichtenerzähler. Mit glänzenden Augen erzählte er von seinen Reisen durch exotische Länder, von den Menschen, die er getroffen hatte, und den Abenteuern, die er erlebt hatte. Diana, Frieda und Lena hingen an seinen Lippen, fasziniert von den Erzählungen.

Während sie ihm zuhörten, konnte Diana jedoch nicht umhin, eine gewisse Spannung in der Luft zu spüren. Frieda warf ihr hin und wieder eindringliche Blicke zu, und Lena sah unruhig aus. War es Eifersucht oder Misstrauen gegenüber dem fremden Besucher?

Als das Gespräch auf die jüngsten Ereignisse und Friedas Schulden bei der Bande in Berlin kam, überraschte Karl alle mit einem unerwarteten Angebot. „Ich könnte versuchen, diese Schuld für dich zu begleichen", sagte er.

Frieda sah ihn misstrauisch an. „Warum würdest du das tun? Was willst du im Gegenzug?"

Karl lachte leise. „Nichts, ich möchte einfach nur helfen."

Diana war skeptisch. „Es gibt immer einen Haken, Karl. Was versteckst du?"

In dieser Nacht, als das Schloss in Dunkelheit gehüllt war und der Regen unablässig gegen die Fenster schlug, setzten sich Diana und Frieda mit Karl zusammen. Bei Kerzenschein sprachen sie über das Leben, die Liebe und die Geheimnisse, die jeder von ihnen hatte.

In einem stillen Moment, als der Regen nachließ, gestand Lena, dass sie sich ausgeschlossen fühlte und überlegte, das Schloss zu verlassen. Ihre Gefühle waren zu intensiv, die Situation zu kompliziert. „Vielleicht ist es besser, wenn ich gehe", sagte sie mit tränenerstickter Stimme.

Doch der Morgen würde noch mehr Überraschungen bringen. Karl, der Mann voller Rätsel, hatte noch ein letztes Geheimnis zu teilen. „Es gibt einen Grund, warum ich hier bin", gestand er. „Und es hat nichts mit meinem Auto zu tun."

Dic Frauen sahen ihn erwartungsvoll an. Karl zögerte einen Moment und sagte dann: „Ich bin nicht zufällig hier. Ich suche etwas, und ich glaube, es ist hier im Schloss."

Die Luft wurde schwer vor Spannung. Was suchte Karl? Und was würde das für die Bewohner des Schlosses bedeuten?

durchnässtes - soaked

eindringliche - intense

erwartungsvoll - expectantly

exotische - exotic

Geheimnisse - secrets

gestand - confessed

glänzenden - shining

hervorragender - outstanding

Haken - catch (in this context, referring to a hidden catch or condition)

Misstrauen - mistrust

Rätsel - riddle, mystery

Schutz - shelter

tränenerstickter - tear-choked

unablässig - incessantly

unruhig - restless

zufällig - coincidental, by chance

7. Verborgene Absichten

Diana und Frieda standen vor einer großen, eichenen Tür, die mit dicken Staubschichten bedeckt war. Es war offensichtlich, dass niemand diese Tür seit Jahren geöffnet hatte. Mit einem alten Schlüssel, den sie in einem der anderen Zimmer gefunden hatten, schlossen sie die Tür auf und traten in einen kleinen, verstaubten Raum ein.

Im Raum standen alte, verrostete Schränke und Truhen. In der Mitte des Raumes lag ein alter Teppich, der von Motten zerfressen war. Diana und Frieda begannen, die Schränke zu durchsuchen und fanden eine Kiste mit alten Dokumenten. Als sie sie durchblätterten, entdeckten sie Fotos und Briefe, die Karl in seiner Jugend zeigten. Es waren auch Zeitungsausschnitte dabei, die von einem Skandal berichteten, in den Karl verwickelt gewesen sein sollte.

Währenddessen saß Lena im Wohnzimmer des Schlosses und blätterte in einem Buch, als Karl sich zu ihr setzte. Mit seinem charmanten Lächeln versuchte er, ein Gespräch mit ihr zu beginnen. „Lena, wie findest du das Schloss? Es ist so ruhig und friedlich hier, nicht wahr?" fragte er.

Lena zögerte kurz und antwortete: „Es ist schön hier. Aber ich frage mich, warum du wirklich hier bist, Karl."

Karl lachte leise und sagte: „Ich bin nur ein einfacher Reisender, der nach einem ruhigen Ort sucht, um sich auszuruhen."

Währenddessen ging Diana in das nahegelegene Dorf, um mehr über Karl herauszufinden. Sie trat in ein kleines Café ein und bestellte einen Kaffee. Neben ihr saß ein alter Mann, der sie neugierig musterte. „Du bist nicht von hier, oder?" fragte er.

„Nein," antwortete Diana. „Ich bin zu Besuch im Schloss. Kennen Sie jemanden namens Karl?"

Der alte Mann runzelte die Stirn und sagte: „Ja, ich erinnere mich an ihn. Vor vielen Jahren gab es einen großen Skandal um ihn. Es war etwas mit Geld und Betrug. Viele Menschen im Dorf haben ihm nie vergeben."

Zurück im Schloss gestand Frieda Diana, dass sie Karl von früher kannte. „Er war nicht immer der charmante Millionär, für den er sich heute ausgibt," sagte sie. „Ich habe gehört, dass er in viele schmutzige Geschäfte verwickelt war."

In der Nacht wurde Lena von einem unbekannten Anrufer gewarnt. „Pass auf dich auf," sagte die Stimme am anderen Ende der Leitung. „Karl ist nicht der, für den er sich ausgibt."

Am nächsten Morgen konfrontierte Diana Karl mit ihren Entdeckungen. „Wer bist du wirklich, Karl?" fragte sie.

Karl lächelte und sagte: „Ich bin nur ein Mann mit einer Vergangenheit, wie jeder andere auch. Aber ich kann dir versichern, dass ich keine bösen Absichten habe."

Doch Diana war nicht überzeugt. Sie beschloss, mit Frieda zusammenzuarbeiten, um mehr über Karls Geheimnisse herauszufinden. Sie installierten Kameras im Schloss und beobachteten ihn heimlich.

Als der Tag zu Ende ging, hatten die Frauen viele Fragen, aber keine Antworten. Was verbarg Karl? Was wollte er wirklich im Schloss? Und konnten sie ihm vertrauen? Das alles waren Fragen, die in den kommenden Tagen beantwortet werden mussten.

Absichten - intentions

beobachteten - observed

Betrug - fraud

bösen - evil, malicious

durchblätterten - leafed through

durchsuchen - to search through

eichenen - oak (as in made of oak)

Entdeckungen - discoveries

Geschäfte - deals, businesses

heimlich - secretly

Kameras - cameras

musterte - examined, scrutinized

neugierig - curious

runzelte - furrowed (as in furrowed brow)

schmutzige - dirty

Skandal - scandal

Staubschichten - layers of dust

Teppich - carpet

Truhen - chests (as in storage chests)

unbekannter - unknown

verbergen - to hide, conceal

vergeben - forgive

verrostete - rusted

verwickelt - involved

8. Gefährliche Entdeckungen

Das alte Schloss war von Geheimnissen umgeben, und die Atmosphäre war angespannt. Nach der Installation der Kameras beobachteten Diana und Frieda gespannt den Bildschirm. Jede kleine Bewegung, jedes Rascheln wurde registriert. In der zweiten Nacht beobachteten sie, wie Karl heimlich den verborgenen Raum betrat. Mit einer Taschenlampe in der Hand durchsuchte er jede Ecke des Raumes, als würde er nach etwas Wertvollem suchen.

Unterdessen versuchte Diana, sich von all dem Drama abzulenken, und ging zu Lena. In der Stille des Schlosses, nur vom Klang des knisternden Feuers begleitet, saßen sie nebeneinander. „Lena, erinnerst du dich an die alten Zeiten?" fragte Diana leise.

Lena lächelte schwach. „Ich habe immer an dich gedacht, Diana." Ein alter Song spielte im Hintergrund, und sie tanzten eng umschlungen.

In diesem Moment betrat Karl den Raum und bemerkte die Kameras. Seine Miene wurde ernst. „Was habt ihr vor?" fragte er mit zorniger Stimme.

Diana trat vor und sagte: „Wir wissen, dass du nach etwas im Schloss suchst. Was ist es, Karl?"

Karl atmete tief durch und gestand: „Ja, ich suche einen Schatz. Es ist ein Familienerbstück, das seit Generationen verloren gegangen ist. Ich hatte gehofft, es hier im Schloss zu finden."

Ehe sie weiter nachfragen konnten, wurde ihre Aufmerksamkeit durch das Klirren von Glas abgelenkt. Ein Stein war durch das Fenster geworfen worden, an dem ein Erpresserbrief hing. „Findet den Schatz oder ihr seht Frieda nie wieder", stand darauf.

Das Blut gefror ihnen in den Adern. Sie mussten Frieda retten. Sie begannen, das Schloss von oben bis unten zu durchsuchen. Dabei stießen sie auf ein altes Tagebuch, das zu Karls Großvater gehörte. Es enthielt Hinweise auf den Verbleib des Schatzes und die tragische Geschichte seiner Familie.

Die Stunden vergingen, und schließlich fanden sie eine kleine Kiste hinter einem lockeren Stein im Kamin. Sie war mit Edelsteinen und alten Münzen gefüllt - der verlorene Schatz.

Mit der Kiste in der Hand trafen sie sich mit den Entführern an einem abgelegenen Ort. Nach einem kurzen Wortwechsel wurde Frieda freigelassen und die Kiste übergeben.

Wieder sicher im Schloss, überlegten die drei Frauen, was sie als Nächstes tun sollten. Sie wussten zu viel und waren immer noch in Gefahr. Karl trat ein und sagte: „Ihr habt den Schatz gefunden, aber das Geheimnis muss bewahrt werden. Ihr könnt nicht hier bleiben."

Diana blickte Frieda und Lena an. Sie alle wussten, dass eine Entscheidung getroffen werden musste. Sollten sie fliehen oder sich stellen?

Die drei Frauen standen am Fenster des Schlosses und in die Dunkelheit hinausblicken, unsicher, was die Zukunft bringen würde.

abgelenkt - distracted

abgelegenen - remote, secluded

angespannt - tense, strained

Atmosphäre - atmosphere

begleitet - accompanied

bewahrt - preserved, kept

durchsuchen - to search, scour

Edelsteinen - gemstones

Entführern - kidnappers

Erpresserbrief - blackmail letter

Familienerbstück - family heirloom

Generationen - generations

Geheimnissen - secrets

gespannt - eager, keen

klirren - clink, jingle (in this context, shatter)

lockeren - loose

Miene - expression, countenance

Rascheln - rustling

registriert - registered, recorded

Schatz - treasure

Taschenlampe - flashlight

tragische - tragic

überlegen - to consider, reflect

unsicher - uncertain, insecure

Verbleib - whereabouts

zorniger - angry

9. Flucht und Konfrontation

Die Morgendämmerung breitete sich über dem Schloss aus, als Diana, Frieda und Lena hastig ihre Sachen packten. Diana warf einen letzten Blick auf das alte Gemäuer, bevor sie den Motor ihres roten Sportwagens startete. Der Plan war klar: Sie wollten den Schatz bei der nächsten Polizeiwache abgeben und hoffen, dass Karl und seine Männer sie nicht finden würden.

Doch kaum waren sie auf der Straße, sahen sie im Rückspiegel die Scheinwerfer mehrerer Autos, die ihnen dicht auf den Fersen waren. „Sie haben uns gefunden!", rief Frieda.

Diana drückte das Gaspedal durch, und der Sportwagen schoss nach vorn. Die Bäume rauschten an ihnen vorbei, während sie in rasantem Tempo die kurvige Landstraße entlangfuhren. Frieda und Lena hielten sich fest, als Diana das Auto geschickt durch die engen Kurven manövrierte. Nach einer scheinbar endlosen

Verfolgungsjagd gelang es Diana schließlich, ihre Verfolger abzuschütteln. Sie fuhren in einen Waldweg und erreichten schließlich eine verlassene Hütte.

Erschöpft und außer Atem stiegen sie aus dem Auto. Die Hütte, von Moos und Efeu überwuchert, schien seit Jahren nicht mehr bewohnt zu sein. Im Inneren war es dunkel und kalt. Diana entzündete ein Feuer im Kamin, während Lena und Frieda Essen und Trinken auspackten. Als sie sich um das Feuer setzten, schaute Lena Diana tief in die Augen. „Ich habe Angst, Diana", flüsterte sie. Diana legte ihre Hand auf Lenas Wange und zog sie näher. Ihre Lippen trafen sich in einem leidenschaftlichen Kuss.

Die Tür der Hütte knarrte, und Karl trat ein, gefolgt von zwei seiner Männer. „Glaubt ihr wirklich, ihr könntet vor mir fliehen?", sagte er mit einem spöttischen Lächeln.

Frieda trat vor und konfrontierte Karl. „Warum tust du das alles, Karl? Was willst du wirklich?"

Karl seufzte. „Dieser Schatz gehört meiner Familie. Es ist alles, was von unserem Erbe übrig ist."

Während Karl sprach, schlich Diana sich leise hinter ihn und überwältigte einen seiner Männer. Lena und Frieda taten es ihr gleich. Nach einem kurzen Kampf waren Karl und seine Männer gefesselt und geknebelt.

Diana nahm ihr Handy und rief die Polizei. „Es ist vorbei, Karl", sagte sie.

Als die Polizei eintraf, wurden Karl und seine Männer abgeführt. Diana, Frieda und Lena standen vor der Hütte und beobachteten den Sonnenuntergang. Sie hatten so viel durchgemacht, aber jetzt konnten sie endlich durchatmen.

Diana nahm Friedas und Lenas Hände. „Egal, was passiert, wir haben immer noch einander", sagte sie.

In diesem Moment klingelte Dianas Telefon. Sie blickte auf das Display und sah einen unbekannten Kontakt. Sie zögerte einen Moment, bevor sie annahm.

„Ja?", fragte sie.

Eine unbekannte Stimme antwortete: „Hallo, Diana. Du kennst mich nicht, aber ich kenne dich. Und ich habe ein Angebot für dich..."

abgeben - to hand over, submit

abgeschütteln - to shake off

annahm - accepted (in this context, answered the call)

außer Atem - out of breath

bewohnt - inhabited

durchatmen - to take a breath, relax

Efeu - ivy

entzündete - ignited, lit

gefesselt - tied up, bound

geknebelt - gagged

Gemäuer - masonry, building

knarrte - creaked

leidenschaftlichen - passionate

Moos - moss

Morgendämmerung - dawn

spöttischen - mocking, scornful

überwuchert - overgrown

unbekannt - unknown

verfolgen - to pursue, follow

Verfolgungsjagd - chase

Verlassene - abandoned

Waldweg - forest path

10. Offenbarungen

Das Schloss, ein beeindruckendes altes Gebäude mit hohen Decken und antiken Möbeln, war stumm Zeuge der dramatischen Ereignisse, die sich in den letzten Wochen abgespielt hatten. Es war der späte Nachmittag, und die Sonne schickte ihre letzten Strahlen durch die großen Fenster des Wohnzimmers, wo die drei Frauen zusammensaßen.

Diana saß in einem antiken Ohrensessel, ihr Blick nachdenklich. „Wisst ihr, dieser Anruf war wirklich seltsam", begann sie, ihre Worte wählend. „Es war eine unterdrückte Nummer und die Person am anderen Ende hat nichts gesagt. Ich konnte nur schweres Atmen hören."

Lena und Frieda saßen auf dem Sofa, körperlich nah beieinander, und Diana konnte nicht umhin, die Veränderung in ihrer Dynamik zu bemerken. Lena, mit ihren blonden Haaren und blauen Augen, war früher immer die selbstsichere, während Frieda, mit ihren braunen Locken und tiefgrünen Augen, die zurückhaltendere von beiden war. Aber jetzt schienen sie in einer Art stummen Kommunikation miteinander verbunden zu sein, die Diana verunsicherte.

„Ist euch etwas aufgefallen?", fragte Diana, ihre Stimme ein wenig schärfer, als sie es beabsichtigt hatte. „Ihr verhaltet euch beide seltsam."

Lena sah zu Frieda, die tief durchatmete und dann erwiderte: „Diana, wir müssen dir etwas gestehen. In der Zeit, in der wir gemeinsam nach dem Schatz gesucht haben, haben Lena und ich... Gefühle füreinander entwickelt."

Dianas graue Augen weiteten sich vor Überraschung. „Ihr beide?", wiederholte sie, unsicher, wie sie reagieren sollte.

Lena nickte und nahm Friedas Hand. „Ja, es war nicht geplant, Diana. Es ist einfach passiert."

Diana atmete tief durch und versuchte, ihre Gedanken zu ordnen. „Ich will nur, dass ihr beide glücklich seid", sagte sie schließlich, obwohl sie innerlich zerrissen war.

Frieda lächelte schwach. „Wir haben beschlossen, nach Berlin zu ziehen. Ein neuer Anfang für uns beide."

„Und ich?", flüsterte Diana, die Tränen in den Augen. „Wo bleibe ich in all dem?"

Lena stand auf und trat zu ihr. „Diana, du wirst immer einen besonderen Platz in meinem Herzen haben. Aber manchmal führt das Leben uns in verschiedene Richtungen."

Diana stand ebenfalls auf und blickte aus dem Fenster. Das Schloss, das einst ihr Zufluchtsort war, schien nun so groß und leer. „Vielleicht ist es Zeit, dass ich nach München zurückkehre", murmelte sie.

Die drei Frauen standen schweigend da, jede in ihren eigenen Gedanken versunken, bis Frieda vorschlug, dass sie sich verabschieden sollten. Sie umarmten sich, versprachen, in Kontakt zu bleiben und wünschten sich alles Gute.

Als Diana in ihren roten Sportwagen stieg, konnte sie Lena und Frieda sehen, wie sie Hand in Hand das Schloss betrachteten. Sie startete den Motor, und während sie Richtung München fuhr, wusste sie, dass dieser Abschied der Beginn eines neuen Kapitels in ihrem Leben war.

Abschied - farewell

antiken - antique

Atmen - breathing

beeindruckendes - impressive

beieinander - close together

betrachten - to look at, to view

Decken - ceilings

Dynamik - dynamics

entwickelt - developed

gestehen - to confess, admit

Möbeln - furniture

murmelte - murmured

nachdenklich - thoughtful

Ohrensessel - wingback chair

Richtung - direction

schweigend - silently

seltsam - strange, odd

stumm - silent, mute

unterdrückte - suppressed

verabschieden - to say goodbye

versunken - engrossed, immersed

weiten - to widen

Zufluchtsort - refuge, sanctuary

zerrissen - torn apart

11. Neubeginn

München, mit seinem urbanen Charme und den historischen Gebäuden, war für Diana immer ein Ort der Geborgenheit. Als sie in die Stadt fuhr, fühlte sie die Last der vergangenen Ereignisse von sich abfallen. Die Bäume entlang der Straßen waren in leuchtenden Herbstfarben getaucht, und die frische Luft kündigte einen Neubeginn an.

Nachdem sie ihren roten Sportwagen geparkt hatte, schlenderte Diana durch die Straßen und erinnerte sich an ihre Kindheit in der Stadt. Beim Passieren eines bekannten Cafés traf sie zufällig auf Max, einen alten Schulfreund.

„Diana! Wie lange ist es her?", rief er aus und umarmte sie herzlich.

„Zu lange, Max!", lachte Diana und die beiden setzten sich zu einem Kaffee. Während sie plauderten, erzählte Max, dass er nun in einer großen Modefirma in München arbeitete und dass sie einen Designer suchten.

„Warum probierst du es nicht aus?", schlug er vor.

Diana, immer bereit für ein neues Abenteuer, nahm das Angebot an. In den kommenden Wochen tauchte sie in die Welt der Mode ein, entwarf Kleidungsstücke und nahm an Modeschauen teil. Ihre Entwürfe, inspiriert von ihren Reisen und Erlebnissen, wurden schnell in der Münchner Modeszene populär.

Mit ihrem neuen Einkommen kaufte Diana eine schicke Wohnung im Herzen von Schwabing. Sie verbrachte Tage damit, die Wohnung nach ihrem Geschmack einzurichten – helle Farben, moderne Möbel und ein Hauch von Eleganz.

Eines Morgens, als Diana in ihrer neuen Küche frühstückte, fiel ihr Blick auf einen handgeschriebenen Brief. Es war von Frieda und Lena. Sie erzählten von ihrem Leben in Berlin, von den Cafés, die sie besuchten, und den Abenteuern, die sie erlebten. Der Brief endete mit den Worten: „Wir hoffen, dass du genauso glücklich bist wie wir."

Diana lehnte sich in ihrem Stuhl zurück und lächelte. Trotz der Turbulenzen der Vergangenheit fühlte sie sich nun zentriert und zufrieden. Sie hatte zwar die Liebe zu Frieda und Lena verloren, aber sie hatte etwas Wichtigeres gefunden – sich selbst.

Die Tage vergingen, und Diana konzentrierte sich voll und ganz auf ihre Karriere. Sie nahm an Modeschauen in Paris und Mailand teil und wurde in Modemagazinen vorgestellt. Ihr Leben war zwar hektisch, aber sie genoss jeden Moment davon.

Ein lauer Sommerabend, als die Sonne langsam am Horizont versank, stand Diana auf dem Balkon ihrer Wohnung und blickte über die Dächer Münchens. Das goldene Licht der untergehenden Sonne reflektierte auf den Fenstern und tauchte die Stadt in ein warmes Leuchten.

Diana spürte ein Gefühl von Frieden und Vorfreude. Sie war bereit, das nächste Kapitel ihres Lebens zu beginnen, und sie wusste, dass sie alles erreichen konnte, was sie sich vornahm. Mit

einem Lächeln auf den Lippen und der glitzernden Skyline
Münchens vor sich, stellte sie sich ihrer Zukunft – mutig,
entschlossen und voller Hoffnung.

Abfallen - to drop off, fall away

Balkon - balcony

Dächer - roofs

Designer - designer

Entwürfe - designs, drafts

Geborgenheit - security, safety

Geschmack - taste, preference

Hektisch - hectic

Herbstfarben - autumn colors

Historischen - historical

Horizont - horizon

Karriere - career

Küche - kitchen

Lauer - mild

Leuchten - shine, glow

Max - (a name) Max

Modemagazinen - fashion magazines

Modeschauen - fashion shows

Neubeginn - new beginning

Plauderten - chatted

Populär - popular

Reflektierte - reflected

Schlenderte - strolled, wandered

Skyline - skyline

Turbulenzen - turbulences

Urbanen - urban

Versank - sank, set (for the sun)

Wohnung - apartment

Zentriert - centered

Am Starnberger See

1. Ein normaler Tag in München

Es war ein strahlender Morgen, als Diana in ihrer neuen Wohnung in Schwabing erwachte. Das Zwitschern der Vögel und das sanfte Licht, das durch die Spalten ihrer Vorhänge drang, vermittelten ein Gefühl von Frieden und Neubeginn. Mit einer geschmeidigen Bewegung streckte sie sich und schob die Vorhänge zurück. Ein atemberaubender Blick auf die Morgensonne, die das Münchner Stadtbild vergoldete, eröffnete sich ihr.

Nach einem kurzen Strecken stand Diana auf und ging ins Badezimmer. Das kalte Wasser auf ihrem Gesicht erweckte sie vollends. Sie putzte sich gründlich die Zähne, kämmte ihre dunklen, rot gefärbten Haare und band sie zu einem lockeren Pferdeschwanz zusammen. Anschließend ging sie zurück in ihr Schlafzimmer, machte ihr Bett sorgfältig und wählte ein elegantes rotes Kleid aus ihrem Schrank aus, das ihre Figur perfekt betonte.

Während sie sich ankleidete, dachte sie über die Aufgaben des Tages nach. Sie nahm einen Stift und einen Block und erstellte eine Einkaufsliste: Äpfel, Brot, Käse, Wein und einige andere Dinge, die sie für das Abendessen brauchte.

Der Gang zum Supermarkt war kurz und angenehm. Die Straßen von München waren belebt, aber nicht überfüllt, und die kühle Morgenluft erfrischte sie. Im Supermarkt stieß sie unerwartet auf eine alte Freundin aus der Schule.

„Diana! Ist das nicht ein Zufall? Wie geht es dir?", fragte die Freundin überrascht.

„Hallo Monika! Mir geht's gut, danke. Ich bin vor kurzem nach Schwabing gezogen. Und dir?", antwortete Diana lächelnd.

„Ach, das Übliche. Arbeit, Familie, das volle Programm", lachte Monika. „Wir müssen uns unbedingt mal auf einen Kaffee treffen und richtig quatschen."

Nach einem kurzen Plausch verabschiedeten sich die beiden und Diana setzte ihren Einkauf fort. Sie füllte ihren Korb mit frischen

Zutaten für das Abendessen – sie hatte Lust auf eine selbstgemachte Pasta.

Zurück in ihrer Wohnung, begann sie mit dem Putzen. Der Staubsauger summte über den Parkettboden, und bald glänzte alles sauber und ordentlich. Danach ging sie in die Küche, um mit dem Kochen zu beginnen. Sie schnitt Gemüse, kochte die Pasta und bereitete eine leckere Soße zu. Währenddessen spielte ihre Lieblingsmusik im Hintergrund, und sie konnte nicht widerstehen, ein wenig dazu zu tanzen.

Nach dem Abendessen setzte sie sich mit einem Glas Rotwein auf ihren Balkon. Die Sterne begannen zu funkeln, und die Lichter der Stadt schimmerten in der Ferne. Sie genoss die Ruhe und überlegte, was sie am nächsten Tag unternehmen könnte. Ein Ausflug würde gut tun, dachte sie. Ein bisschen Natur, etwas Abstand vom Trubel der Stadt. Bevor sie schlafen ging, zückte sie ihr Handy und buchte online eine Schiffstour am malerischen Starnberger See. Es versprach, ein spannender Tag zu werden.

Abstand - distance

Atemberaubender - breathtaking

Balkon - balcony

Bucht - booked

Drang - urged, impelled

Erwachte - woke up

Ferne - distance, far off

Figur - figure

Funkeln - twinkle, sparkle

Geschmeidigen - supple, smooth

Korb - basket

Malerischen - picturesque

Parkettboden - parquet floor

Plausch - chat, talk

Rotwein - red wine

Ruhe - calm, peace

Schiffstour - boat tour

Staubsauger - vacuum cleaner

Strecken - stretch

Trubel - hustle and bustle

Überrascht - surprised

Unerwartet - unexpected

Verabschiedeten - said goodbye

Vorhänge - curtains

Zwitschern - chirping, twittering

2. Ausflug zum Starnberger See

Es war ein herrlicher Morgen, als Diana in ihrem roten Sportwagen die kurvigen Straßen zum Starnberger See hinunterfuhr. Die Sonne glänzte auf dem Asphalt, und der Duft von frischem Gras und Blumen wehte durch das offene Fenster. Es war die Art von Morgen, die das Versprechen eines perfekten Tages in sich trug.

Nach einer angenehmen Fahrt erreichte Diana den Hafen. Sie parkte ihren Wagen und spazierte zum Anleger, wo ein großes Passagierschiff auf die ersten Gäste des Tages wartete. Der Wind spielte mit Dianas Haaren, als sie das Schiff bestieg und sich auf das Oberdeck begab, um die Aussicht zu genießen. Die Wellen glitzerten in der Sonne und das ruhige Wasser des Sees erstreckte sich bis zum Horizont.

Während sie sich auf dem Deck niederließ, bemerkte sie eine junge Frau mit olivfarbener Haut und dunklen Haaren, die alleine saß und in die Ferne blickte. Neugierig ging Diana auf sie zu und lächelte. „Hallo, ich bin Diana. Ist das dein erster Besuch hier?"

Die Frau sah auf und lächelte zurück. „Ja, das ist es. Ich bin Romina aus Italien. Es ist so ein wunderschöner Ort."

„Ich liebe den Starnberger See", erwiderte Diana. „Es ist einer meiner Lieblingsorte."

Die beiden kamen schnell ins Gespräch und fanden heraus, dass sie viele Gemeinsamkeiten hatten. Romina erzählte von ihrer Heimatstadt in Italien, ihrer Familie und warum sie alleine reiste. Sie hatte sich eine Auszeit genommen, um die Welt zu sehen, und Deutschland war eines ihrer Zielorte.

„Du musst München besuchen", sagte Diana begeistert. „Es ist eine wunderbare Stadt mit so viel Geschichte und Kultur. Und ich würde mich freuen, dir alles zu zeigen."

Romina war sichtlich erfreut über das Angebot. „Das klingt fantastisch. Danke, Diana."

Nach der Schiffstour setzten sie sich in ein Café am Ufer. Sie tranken Kaffee und aßen Kuchen, während sie über ihre Leben, Träume und Pläne plauderten. Die Zeit verging wie im Flug, und bevor sie es wussten, war es Zeit, sich auf den Rückweg zu machen.

Aber anstatt sich zu verabschieden, beschlossen sie, den Tag gemeinsam fortzusetzen. Diana zeigte Romina einige ihrer Lieblingsorte am See, darunter eine kleine versteckte Bucht und einen wunderschönen Aussichtspunkt.

Als der Abend näher rückte, tauschten sie Telefonnummern aus und Romina nahm Dianas Einladung an, sie in München zu besuchen. Die beiden fuhren zusammen in Dianas Auto zurück in die Stadt.

Zurück in ihrer Wohnung in Schwabing bereitete Diana das Gästezimmer für Romina vor. Sie legte frische Handtücher und Bettwäsche hin und sorgte dafür, dass sich Romina wie zu Hause fühlte.

„Danke für alles, Diana", sagte Romina, als sie sich auf das gemütliche Bett setzte. „Heute war ein wunderbarer Tag."

„Das war es wirklich", stimmte Diana zu. „Ich freue mich auf morgen. Es gibt noch so viel, was ich dir zeigen möchte."

Mit diesen Gedanken gingen die beiden zu Bett, freudig erwartend, was der nächste Tag in München für sie bereithalten würde.

Anleger - pier, jetty

Asphalt - asphalt

Aussichtspunkt - viewpoint, lookout point

Bettwäsche - bed linen

Deck - deck (of a ship)

Einladung - invitation

Erstreckte - extended, stretched

Gemeinsamkeiten - commonalities, similarities

Handtücher - towels

Hafen - harbor, port

Oberdeck - upper deck

Passagierschiff - passenger ship

Rückweg - way back, return journey

Spazierte - strolled, walked

Ufer - shore, bank (of a lake, river)

Zielorte - destinations

3. Romantischer Tag in München

Der Morgen in München begann sonnig und warm, als Diana und Romina sich auf Dianas Balkon niederließen. Ein kleiner Tisch war mit Kaffee, frischem Brot, Marmelade und Früchten gedeckt. Während sie aßen, beobachteten sie die Stadt, die langsam zum Leben erwachte.

„München ist so eine wunderschöne Stadt", bemerkte Romina, während sie ihren Kaffee schlürfte.

Diana lächelte. „Ja, das ist sie. Und es gibt noch so viel mehr zu sehen."

Nach dem Frühstück machten sie sich auf den Weg zum Englischen Garten, einer riesigen grünen Oase mitten in der Stadt. Sie schlenderten Händchen haltend entlang der verschlungenen Wege, vorbei an Teichen und über Brücken. Die Sonne schien durch die Bäume und ließ das Wasser der kleinen Flüsse glitzern.

„Es ist so friedlich hier", bemerkte Romina.

„Ja", stimmte Diana zu. „Es ist einer meiner Lieblingsorte in München."

Nachdem sie eine Weile im Park verbracht hatten, führte Diana Romina zum Münchner Stadtmuseum. Hier erfuhren sie mehr über die Geschichte und Kultur der Stadt. Romina war fasziniert von den alten Fotografien und den Geschichten, die Diana ihr erzählte.

Zum Mittagessen gingen sie in ein traditionelles bayerisches Restaurant. Das Innere des Restaurants war gemütlich, mit dunklen Holzbalken und langen Holztischen. Romina war neugierig auf die lokale Küche und Diana empfahl ihr, Weißwurst mit Brezn zu probieren. Mit großen Augen beobachtete Romina, wie Diana die Wurst in den süßen Senf tunkte und erklärte, wie man sie richtig isst. Nach dem ersten Bissen lächelte Romina. „Das ist wirklich lecker!"

Am Nachmittag bummelten sie durch die Fußgängerzone, wo Straßenmusiker spielten und Menschen geschäftig ihre Einkäufe erledigten. Romina konnte nicht widerstehen und kaufte ein kleines Souvenir - ein hübsches Armband mit einem Anhänger in Form von Münchens Wahrzeichen, der Frauenkirche.

Als der Tag sich dem Ende neigte, führte Diana Romina zu einem geheimen Aussichtspunkt. Von hier aus hatten sie einen atemberaubenden Blick über die gesamte Stadt. Die beiden saßen nebeneinander, als die Sonne langsam hinter den Gebäuden versank und den Himmel in wunderschöne Orangetöne tauchte.

Romina blickte Diana tief in die Augen. „Danke, dass du mir all das gezeigt hast", sagte sie leise.

Diana lächelte und antwortete: „Es war mir ein Vergnügen." Sie beugte sich vor und ihre Lippen trafen sich zu einem leidenschaftlichen Kuss.

Nach diesem magischen Moment fuhren sie zurück zu Dianas Wohnung. Zusammen kochten sie ein einfaches Abendessen, lachten und tanzten in der Küche. Die Zweisamkeit fühlte sich richtig und echt an.

„Was hältst du von einem Ausflug in die Berge morgen?", fragte Diana, als sie das Essen auf den Tisch stellte.

Romina lächelte. „Das klingt wunderbar."

Sie aßen, lachten und planten ihren nächsten Tag, bevor sie schließlich erschöpft, aber glücklich ins Bett gingen. Beide freuten sich auf die Abenteuer, die noch vor ihnen lagen.

Anhänger - pendant, charm

Atemberaubenden - breathtaking

Aussichtspunkt - viewpoint, lookout point

Bayerisches - Bavarian

Beugte - bent, leaned

Brezn (Brezeln) - pretzels

Einkäufe - shopping, purchases

Erschöpft - exhausted

Fußgängerzone - pedestrian zone

Geschäftig - busy

Händchen haltend - holding hands

Holzbalken - wooden beams

Magischen - magical

Marmelade - jam, marmalade

Mittagessen - lunch

Orangetöne - shades of orange

Schlürfte - sipped

Souvenir - souvenir

Stadtmuseum - city museum

Versank - set, sank down

Weißwurst - white sausage

Zweisamkeit - togetherness

4. Wanderung in den Bergen

Als die ersten Sonnenstrahlen den Himmel erhellten, machten sich Diana und Romina auf den Weg in die Berge. Dianas roter Sportwagen glänzte im Morgenlicht, als sie durch die malerischen Dörfer und entlang der windenden Bergstraßen fuhren.

„Die Landschaft ist atemberaubend", bemerkte Romina, während sie aus dem Fenster schaute und die sich ständig verändernde Szenerie bewunderte.

„Warte, bis wir oben sind", antwortete Diana mit einem Lächeln.

Nach einer Weile erreichten sie einen Wanderparkplatz am Fuße eines beeindruckenden Berges. Sie packten ihre Rucksäcke, schnürten ihre Wanderschuhe fest und folgten einem gut markierten Pfad, der sich sanft den Berg hinaufschlängelte. Der Duft von frischem Kiefernholz füllte die Luft, und das Zwitschern der Vögel begleitete sie auf ihrem Weg.

„Ich fühle mich so frei hier", sagte Romina und atmete tief die frische Bergluft ein.

„Es ist einer der Gründe, warum ich so gerne wandere", erwiderte Diana. „Es gibt einem das Gefühl, mit der Natur verbunden zu sein."

Nach einigen Stunden stießen sie auf eine kleine Alm. Eine gemütliche Hütte aus Holz, aus deren Schornstein Rauch aufstieg. Eine ältere Frau begrüßte sie herzlich und bot ihnen frische Milch und hausgemachten Käse an. Während sie aßen, erzählte die Frau ihnen Geschichten über die Berge und die Menschen, die hier lebten.

Nachdem sie sich gestärkt hatten, setzten sie ihre Wanderung fort. Je höher sie stiegen, desto atemberaubender wurde die Aussicht. Schließlich erreichten sie einen Aussichtspunkt, von dem aus sie das gesamte Tal überblicken konnten. Die umliegenden Berge ragten majestätisch in den Himmel, und weit unten glitzerte ein Fluss in der Sonne.

„Es ist so wunderschön", flüsterte Romina, und Diana nickte zustimmend.

Die beiden setzten sich auf eine Wiese, hielten Händchen und genossen den Moment der Stille, nur unterbrochen vom leisen Rauschen des Windes und dem Gesang der Vögel.

Am Nachmittag, als die Sonne heißer brannte, erreichten sie einen klaren Bergsee. Das Wasser glitzerte verlockend im Sonnenlicht, und ohne zu zögern zogen sie ihre Schuhe aus und tauchten ihre Füße in das kühle Nass.

„Das fühlt sich so gut an", lachte Romina, während sie mit Diana im Wasser planschte.

Nachdem sie sich erfrischt hatten, machten sie sich auf den Rückweg. Der Himmel färbte sich langsam orange und lila, als die Sonne hinter den Bergen unterging. Sie hielten an und beobachteten das Spektakel in ehrfürchtigem Staunen.

Es war bereits dunkel, als sie schließlich ihr Auto erreichten. Hungrig, müde, aber glücklich beschlossen sie, die Nacht in einem nahegelegenen Hotel zu verbringen. Das Hotel war eine charmante, altehrwürdige Unterkunft mit Holzbalken und gemütlichen Zimmern. Nach einem herzhaften Abendessen in der warmen und einladenden Hotelküche zogen sie sich in ihr Zimmer zurück.

„Das war ein perfekter Tag", murmelte Romina, während sie sich in die weichen Bettdecken kuschelte.

„Ja, das war es", stimmte Diana zu und schloss die Augen. Beide schliefen bald tief und fest, erfüllt von den Erlebnissen des Tages und träumend von weiteren Abenteuern zusammen.

Alm - alpine meadow, mountain pasture, hut

Altehrwürdige - venerable, ancient

Bergsee - mountain lake

Bergstraßen - mountain roads

Ehrfürchtigem Staunen - awe-stricken amazement

Einladenden - inviting

Erhellten - illuminated, lit up

Erlebnissen - experiences

Fluss - river

Gemütliche - cozy, comfortable

Hausgemachten - homemade

Herzhaften - hearty

Holzbalken - wooden beams

Hotelküche - hotel kitchen

Hütte - hut, cabin

Kiefernholz - pine wood

Malerischen - picturesque

Nass - wet

Plätschen - to splash, dabble

Rauch - smoke

Schornstein - chimney

Stärkt - strengthened, fortified

Unterkunft - accommodation

Verlockend - tempting, alluring

Wanderschuhe - hiking shoes

Wiese - meadow

5. Eine Nacht in den Bergen

Diana und Romina lagen noch im Bett, als die ersten Sonnenstrahlen durch die Gardinen drangen. Sie wurden vom fröhlichen Gesang der Vögel geweckt, und die frische Bergluft strömte durch das geöffnete Fenster.

„Guten Morgen", murmelte Romina und streckte sich.

„Morgen", antwortete Diana und gab Romina einen sanften Kuss auf die Stirn. Sie stand auf und zog die Gardinen zurück, enthüllte eine atemberaubende Aussicht auf die Berge. „Schau dir das an", sagte sie und deutete auf das Panorama.

Romina setzte sich auf und beide betrachteten die Schönheit der Natur. „Es ist so friedlich hier", bemerkte Romina.

Nachdem sie sich angezogen hatten, gingen sie hinunter in den Frühstücksraum des Hotels. Ein reichhaltiges Buffet wartete auf sie. Es gab frische Brötchen, Marmelade, Käse, Schinken, Müsli und natürlich frischen Kaffee. Während sie aßen, schmiedeten sie Pläne für den Tag.

„Wir könnten den ganzen Tag wandern gehen", schlug Romina vor.

„Oder", sagte Diana mit einem schelmischen Grinsen, „wir könnten den Tag im Wellnessbereich verbringen."

Romina lachte. „Das klingt verlockend."

Nach dem Frühstück machten sie sich auf den Weg zum Wellnessbereich. Ein angenehmer Duft von ätherischen Ölen empfing sie. Zuerst gingen sie in die Sauna. Die Hitze umhüllte sie und ließ sie schwitzen, löste Verspannungen und ließ sie sich vollkommen entspannen.

Danach gönnten sie sich ein Bad im Whirlpool. Die Massagedüsen lockerten ihre Muskulatur und sie fühlten sich wie neugeboren.

„Das ist genau das, was ich gebraucht habe“, seufzte Diana, als sie sich zurücklehnte.

Romina lächelte sie an. „Ich auch.“

Der Höhepunkt war der beheizte Außenpool. Obwohl es draußen kalt war, war das Wasser angenehm warm. Sie schwammen ein paar Runden und ließen sich dann treiben, sahen zu, wie die Wolken über ihnen vorbeizogen.

„Ich könnte hier ewig bleiben“, murmelte Romina.

„Ich auch“, stimmte Diana zu.

Am Nachmittag legten sie sich in den Ruheraum des Wellnessbereichs. In den bequemen Liegestühlen lasen sie Bücher und plauderten über alles Mögliche. Es war ein perfekter Tag der Entspannung.

Am Abend hatten sie einen Tisch im Hotelrestaurant reserviert. Bei Kerzenschein genossen sie ein köstliches Drei-Gänge-Menü. Romina hatte sich für Lachs entschieden, während Diana ein Steak gewählt hatte.

„Diana“, begann Romina zögerlich, „es gibt etwas, das ich dir sagen möchte.“

Diana sah sie erwartungsvoll an.

„Ich habe Gefühle für dich“, gestand Romina. „Ich weiß nicht, wie es dazu gekommen ist oder was das bedeutet, aber ich wollte, dass du es weißt.“

Diana lächelte sanft. „Romina, ich fühle dasselbe.“

Die beiden sahen sich tief in die Augen, und in diesem Moment war es, als ob die Zeit stehen geblieben wäre.

Nach dem Abendessen gingen sie Hand in Hand zurück zu ihrem Zimmer. Auf dem Weg dorthin hielten sie inne und blickten in den sternenübersäten Himmel.

„Es ist wunderschön", flüsterte Romina.

Diana nickte. „Genau wie du."

Die beiden standen eine Weile da, hielten sich fest und träumten von einer gemeinsamen Zukunft. Es war der perfekte Abschluss eines perfekten Tages.

Ätherischen Ölen - essential oils

Außenpool - outdoor pool

Beheizte - heated

Drei-Gänge-Menü - three-course meal

Fröhlichen - cheerful, merry

Gardinen - curtains

Gemeinsamen - common, shared

Grinsen - grin

Lachs - salmon

Massagedüsen - massage jets

Ruheraum - relaxation room

Sauna - sauna

Schelmischen - mischievous

Seufzte - sighed

Sternenübersäten - star-studded

Verspannungen - tensions

Whirlpool - whirlpool, hot tub

Wolken - clouds

Zögerlich - hesitantly

6. Einladung nach Italien

Diana und Romina saßen auf dem Balkon von Dianas neuer Wohnung in Schwabing. Der Duft von frisch gebrühtem Kaffee erfüllte die Luft, und sie genossen die warmen Strahlen der Abendsonne auf ihrer Haut.

„Ich habe lange nicht mehr so einen schönen Abend in München erlebt", sagte Romina und schaute auf die Straßen unter ihnen, wo die Menschen flanierten.

Diana lächelte. „München hat seine besonderen Momente. Aber erzähl, wie ist es in deiner Heimatstadt in Italien?"

Romina seufzte. „Es ist wunderschön, Diana. Das Meer, das Essen, die Musik. Jedes Mal, wenn ich nach Hause gehe, fühlt es sich an wie ein Traum. Du musst es selbst sehen."

Diana schaute sie neugierig an. „Vielleicht sollte ich das tun. Ich war noch nie in Italien."

Rominas Augen leuchteten auf. „Warum kommst du nicht mit mir? Wir könnten ein paar Tage dort verbringen. Ich zeige dir alles. Es wäre wie ein kleines Abenteuer."

Diana zögerte einen Moment und dachte nach. „Es klingt verlockend. Und ich habe in letzter Zeit daran gedacht, eine Pause von München zu nehmen."

Romina nahm Dianas Hand. „Abgemacht! Du wirst Italien lieben, das verspreche ich dir."

Die beiden verbrachten den Rest des Abends damit, ihre Reise zu planen. Sie sprachen über die Orte, die sie besuchen wollten, und Diana hörte fasziniert Rominas Geschichten über ihre Kindheit in Italien zu.

Am nächsten Tag besuchten sie zusammen ein Reisebüro und suchten nach Karten und Reiseführern. Diana war aufgeregt und konnte es kaum erwarten, dieses neue Abenteuer mit Romina zu beginnen.

Während sie in einem kleinen italienischen Restaurant zu Abend aßen, sprachen sie über alles, was sie in Italien tun würden. Romina erzählte von den wunderschönen Stränden und den historischen Städten, die sie besuchen würden.

„Das wird der beste Urlaub aller Zeiten", sagte Diana und stieß mit Romina an.

Der Abend endete mit den beiden, die auf Dianas Balkon saßen, Hand in Hand, den Sternenhimmel über München betrachteten und von ihrer bevorstehenden Reise träumten.

Abendsonne - evening sun

Abgemacht - agreed, deal

Aufgeregt - excited

Besonderen - special

Erlebt - experienced

Flanierten - strolled

Gebrühtem - brewed

Historischen - historical

Leuchteten - shone, lit up

Reisebüro - travel agency

Reiseführern - travel guides

Strahlen - rays

Urlaub - vacation

Verlockend - tempting

Zeiten - times (in the context of "lately")

7. Die Reise nach Italien

Die Sonne war gerade aufgegangen, als Diana den Motor ihres roten Sportwagens startete. Sie konnte ihre Aufregung kaum verbergen, während einstieg. „Bist du bereit für das Abenteuer?", rief sie mit einem breiten Lächeln.

Romina, mit einer Tasche über der Schulter, kam heraus und lachte. „Absolut! Lass uns losfahren!"

Die Landschaft veränderte sich ständig, während sie durch verschiedene Regionen fuhren. Grüne Wiesen, dichte Wälder und malerische Dörfer zogen an ihnen vorbei. Das Autoradio spielte ihre Lieblingslieder, und bald sangen sie laut mit, wobei sie jedes Lied mit einem Lachen oder einer Erinnerung verbanden.

Plötzlich verlangsamte der Verkehr, und Diana bemerkte, dass sie in einen Stau geraten waren. „Oh nein! Sieht so aus, als würden wir hier eine Weile festsitzen", seufzte sie.

Romina zuckte mit den Schultern und sagte: „Das gibt uns mehr Zeit zum Reden!" Und das taten sie. In der Stille des Staus tauschten sie Geschichten aus ihrer Kindheit aus, sprachen über ihre Träume und Wünsche und lernten einander noch besser kennen.

Als sie wieder in Bewegung kamen, beschlossen sie, an einer Tankstelle anzuhalten. Diana füllte den Tank, während Romina in den Laden ging, um Snacks und Getränke zu kaufen. Mit einer Tüte Chips und zwei Flaschen Wasser kamen sie zurück ins Auto und setzten ihre Reise fort.

Die Grenze zu Italien war nicht weit entfernt, und bald standen sie vor einem Grenzbeamten, der ihre Pässe überprüfte. „Wo fahren Sie hin?", fragte er neugierig.

„Nach Italien, um meine Familie zu besuchen", antwortete Romina lächelnd.

Der Grenzbeamte nickte und gab ihnen ihre Pässe zurück. „Viel Spaß!", sagte er.

Während der Fahrt sprach Romina begeistert von den Orten, die sie Diana zeigen wollte. „Es gibt so viele wunderschöne Plätze in Italien, die du lieben wirst!", versicherte sie.

Diana war fasziniert von Rominas Geschichten und konnte es kaum erwarten, all diese Orte selbst zu sehen. „Ich freue mich so darauf, alles zu entdecken!", sagte sie.

Sie hielten an mehreren malerischen Orten an, um Fotos zu machen und die Aussicht zu genießen. Die Sonne schien hell, und der Himmel war klar und blau. Sie lachten, scherzten und hatten eine tolle Zeit zusammen.

Die Stunden vergingen wie im Flug, und bald war es Abend. Als sie Rominas Haus erreichten, spürten sie eine Mischung aus Erschöpfung und Aufregung. Romina öffnete die Autotür und sagte: „Willkommen in meinem Zuhause, Diana!"

Diana nahm einen tiefen Atemzug und dachte: „Das wird ein unvergesslicher Besuch werden."

Atemzug - breath

Aufregung - excitement

Autoradio - car radio

Erschöpfung - exhaustion

Festsitzen - to be stuck

Grenzbeamten - border officer

Mischung - mixture

Pässe - passports

Stau - traffic jam

Tankstelle - gas station

Verkehr - traffic

Verlangsamte - slowed down

Zuckte - shrugged

8. Überraschende Enthüllungen

Die warme Abendluft war erfüllt vom Duft der Blumen, als Diana und Romina den Eingang des beeindruckenden Anwesens betraten. Es war ein altes italienisches Landhaus, umgeben von einem gepflegten Garten mit blühenden Rosen und Zypressenbäumen, die sich im Wind wiegten.

Sie wurden im Wohnzimmer empfangen, wo Rominas Familie auf sie wartete. Alle begrüßten Diana herzlich und schienen aufgeregt zu sein, sie kennenzulernen. Aber als ein Mann ins Zimmer kam und Romina ihn als ihren Ehemann Al vorstellte, erstarrte Diana.

„Dein... Ehemann?", stammelte sie, ihr Blick fest auf Romina gerichtet.

Romina senkte den Kopf. „Ja, das ist Al. Es tut mir so leid, Diana, ich hätte es dir sagen sollen."

Al trat näher und reichte Diana seine Hand. „Ich habe schon viel von dir gehört", sagte er mit einem Lächeln, das nicht ganz die angespannte Atmosphäre aufhellte.

Diana ignorierte seine ausgestreckte Hand. „Warum hast du mir das nicht erzählt, Romina? Was für ein Spiel spielst du hier?"

Romina schluchzte: „Ich wollte es dir sagen, aber ich wusste nicht wie... Ich hatte Angst, dich zu verlieren."

Diana fühlte, wie ihr Herz brach. Die Wahrheit war zu schwer zu ertragen. „Ich muss gehen", sagte sie und kämpfte gegen die Tränen an.

Romina trat vor, ihre Augen flehend. „Bitte, Diana, hör mir zu. Lass uns das klären."

Aber Diana schüttelte nur den Kopf. „Ich kann das jetzt nicht, Romina. Ich brauche Zeit zum Nachdenken." Ohne weiteres Wort eilte sie zur Tür, ließ ihre Tasche zurück und rannte zu ihrem roten Sportwagen.

Romina lief ihr nach, aber bevor sie Diana erreichen konnte, startete der Wagen mit quietschenden Reifen und verschwand in der Abenddämmerung.

Al stand neben Romina, legte seinen Arm um sie und versuchte, sie zu trösten, aber ihre Augen waren auf die Straße gerichtet, auf der Diana verschwunden war.

Abendluft - evening air

Abenddämmerung - dusk, twilight

Anwesen - estate, property

Aufgeregt - excited

Begrüßten - greeted

Blühenden - blooming

Ehemann - husband

Erstarrte - froze

Flehend - pleading

Gepflegten - well-kept, manicured

Quietschenden - squealing

Schluchzte - sobbed

Stammelte - stammered

Trösten - to comfort

Wiegten - swayed

Zypressenbäumen - cypress trees

9. Ein Tag in Rom

Die Morgensonne warf ein sanftes goldenes Licht auf die antiken Steine Roms, als Diana die Stadt erreichte. Die Erinnerungen an die vergangene Nacht waren noch frisch, aber sie war entschlossen, den Tag zu nutzen, um sich abzulenken und die Wunder Roms zu entdecken.

Ihr erster Halt war das Castel Sant'Angelo. Während sie durch die jahrhundertealten Korridore schlenderte, konnte sie die Geschichten und Geheimnisse spüren, die diese Wände bewahrten. Auf der Spitze des Castels öffnete sich vor ihr ein atemberaubender Blick über die ewige Stadt. Die Kuppel des Petersdoms ragte in der Ferne auf und Diana fühlte sich einen Moment lang klein im Angesicht der überwältigenden Geschichte um sie herum.

Anschließend besuchte sie die Vatikanischen Museen. Sie schlenderte durch die endlosen Galerien, vorbei an Kunstwerken von unschätzbarem Wert, von antiken Skulpturen bis zu den berühmten Deckenmalereien der Sixtinischen Kapelle. Die Detailverliebtheit und Schönheit der Kunstwerke ließen sie ihre eigenen Sorgen für einen Moment vergessen.

Danach führte ihr Weg sie zum Pantheon, einem der am besten erhaltenen antiken Gebäude Roms. Im Inneren des beeindruckenden Doms zündete sie eine Kerze an und schloss für einen Moment die Augen, verloren in Gedanken an Romina und die unerwarteten Wendungen, die ihr Leben genommen hatte.

Nachdem sie den Pantheon verlassen hatte, ließ sie sich durch die engen Gassen Roms treiben, versuchte, ihre Gedanken zu klären und die Wunden in ihrem Herzen zu heilen. Ein kleiner Eisladen lockte sie mit seinen bunten Auslagen. Sie gönnte sich ein Stracciatella-Gelato und ließ den Geschmack und die Kühle sie trösten.

Während sie ihr Eis genoss, setzte sie sich auf die Spanische Treppe, beobachtete die vorbeigehenden Menschen und lauschte dem lebhaften Treiben der Stadt. Eine Gruppe fröhlicher Touristen fiel ihr ins Auge und sie beschloss, sich ihnen anzuschließen.

Gemeinsam besuchten sie das Kolosseum. Diana lauschte fasziniert den Geschichten des Reiseleiters über Gladiatorenkämpfe und die beeindruckende Architektur des antiken Roms.

Die schwindende Sonne färbte den römischen Himmel in warmen Rottönen, als Diana durch die gepflasterten Straßen schlenderte. Sie zog ihren Reiseführer hervor und suchte nach dem empfohlenen Restaurant, das sie zuvor markiert hatte. Es hieß „La Trattoria Romana".

Als sie das Restaurant betrat, wurde sie von der gemütlichen Atmosphäre begrüßt. Die Wände waren mit alten Fotos von Rom geschmückt, und das gedämpfte Licht der Kerzen schuf eine einladende Atmosphäre.

„Einen Tisch für eine Person, bitte," sagte Diana zu dem Kellner, der sie mit einem freundlichen Lächeln empfing.

„Natürlich, bitte folgen Sie mir," antwortete er und führte sie zu einem Tisch am Fenster.

Diana setzte sich und begann das Menü zu studieren. Es gab so viele leckere Gerichte zur Auswahl.

„Was würden Sie empfehlen?" fragte sie den Kellner, als er zurückkehrte, um ihre Bestellung aufzunehmen.

„Die Pasta Carbonara ist hier sehr beliebt. Es ist ein traditionelles römisches Gericht," schlug er vor.

„Dann nehme ich die Pasta Carbonara," sagte Diana. „Und ein Glas Rotwein dazu."

„Sehr gute Wahl! Der Wein hier ist besonders gut," erwiderte der Kellner mit einem zustimmenden Nicken.

Während sie auf ihr Essen wartete, genoss Diana die lebendige Atmosphäre des Restaurants. Sie beobachtete die anderen Gäste, Familien und Paare, die lachten und gesprächig waren.

Kurz darauf wurde ihre Pasta serviert, dampfend und duftend köstlich. Der Rotwein war samtig und rundete das Essen perfekt ab.

„Es schmeckt hervorragend," sagte sie, als der Kellner vorbeikam, um nach ihr zu sehen.

„Das freut mich zu hören," antwortete er lächelnd. „Guten Appetit!"

Nachdem sie gegessen hatte, bat Diana um die Rechnung. „Könnte ich bitte zahlen?"

„Sicher," sagte der Kellner und brachte ihr die Rechnung. Diana legte das Geld auf den Tisch, gab ein Trinkgeld und bedankte sich.

„Danke für das wunderbare Essen," sagte sie und verließ das Restaurant, bereit, sich nach einem langen und ereignisreichen Tag auszuruhen.

Erschöpft von den Emotionen und Abenteuern des Tages ging sie früh zu Bett in ihrem kleinen Hotelzimmer, in der Hoffnung, dass der nächste Tag Klarheit und Frieden bringen würde.

Anzuschließen - to join

Architektur - architecture

Aufregung - excitement

Castel Sant'Angelo - Castle of the Holy Angel

Deckenmalereien - ceiling paintings

Doms - cathedral

Gedämpfte - dimmed

Geheimnisse - secrets

Gladiatorenkämpfe - gladiator fights

Gönnte - treated oneself

Korridore - corridors

Kolosseum - Colosseum

La Trattoria Romana - Name of the restaurant (The Roman Tavern)

Pantheon - Pantheon (ancient Roman temple)

Pasta Carbonara - Pasta Carbonara (a traditional Italian dish)

Reiseleiters - tour guide's

Spanische Treppe - Spanish Steps

Trinkgeld - tip (for service)

Vatikanischen Museen - Vatican Museums

Wunden - wounds

10. Ungewolltes Abenteuer

Der römische Morgen zeigte sich von seiner schönsten Seite, als Diana in ihrem Hotelzimmer aufwachte. Die Sonne strahlte hell durch die Fenster und die Geräusche der belebten Straßen drangen in ihre Ohren. Diana sprang aus dem Bett, freudig erwartend, einen weiteren Tag in der ewigen Stadt zu verbringen.

Nachdem sie sich angezogen und frisch gemacht hatte, verließ Diana das Hotel und schlenderte durch die Gassen Roms, den Duft von frisch gebackenem Brot und Kaffee in der Luft genießend. Plötzlich spürte sie einen Ruck an ihrer Schulter und bevor sie reagieren konnte, war ihre Tasche weg. Ein junger Mann mit dunklen Haaren und einem auffälligen Tattoo am Hals rannte mit ihrer Tasche davon.

„Stopp! Halt!" rief Diana und rannte dem Dieb hinterher, doch er war flink und verschwand in der Menge. Ihr Herz schlug schnell, während die Realität des Geschehenen sie einholte. In ihrer Tasche waren ihr Pass, ihr Geld und ihre Kreditkarten.

Ein älterer Herr bemerkte ihre Verzweiflung. „Alles in Ordnung?" fragte er besorgt.

„Ich... meine Tasche wurde gestohlen," antwortete Diana, Tränen in den Augen.

„Oh, das tut mir leid. Die Polizei ist gleich um die Ecke. Ich bringe Sie hin," sagte er und zeigte den Weg.

In der Polizeistation schilderte Diana den Vorfall und gab eine genaue Beschreibung des Diebes. Während sie wartete, setzte sich ein junger Mann mit olivfarbener Haut und warmen braunen Augen neben sie. „Ich habe gesehen, was passiert ist," sagte er. „Es tut mir wirklich leid für Sie."

„Danke," murmelte Diana. „Es ist nur so frustrierend. Mein erster Besuch in Rom und das passiert."

Der junge Mann lächelte. „Ich bin Marco," stellte er sich vor. „Wenn Sie möchten, kann ich Ihnen die Stadt zeigen. Es wäre schade, wenn das Ihre Erfahrung in Rom ruinieren würde."

Diana schenkte ihm ein schüchternes Lächeln. „Das ist wirklich sehr nett von Ihnen. Ich bin Diana."

Der restliche Tag war wie im Flug vergangen. Marco zeigte Diana die weniger touristischen Teile von Rom, sie aßen in kleinen, versteckten Restaurants und lachten viel. Diana hatte fast vergessen, was am Morgen passiert war, dank seiner freundlichen Gesellschaft.

Als die Abendsonne den Himmel in ein goldenes Licht tauchte, führte Marco Diana zu einem kleinen, romantischen Restaurant. Sie aßen Pasta, tranken Wein und genossen die warme römische Nacht.

„Danke, Marco," sagte Diana, als sie ihr Glas erhob. „Trotz allem war es ein wunderbarer Tag."

Marco lächelte. „Das war mir ein Vergnügen. Rom hat so viel mehr zu bieten als nur Taschendiebe."

Beide lachten und stießen an.

Abendsonne - evening sun

Angezogen - dressed

Auffälligen - striking

Belebten - busy

Beschreibung - description

Besorgt - concerned

Duft - scent

Erhob - raised (in this context, raising a glass)

Flink - nimble

Frisch gemacht - freshened up

Frustrierend - frustrating

Gassen - alleys

Genießend - enjoying

Gestohlen - stolen

Junger Mann - young man

Menge - crowd

Olivefarbener Haut - olive-colored skin

Pass - passport

Ruck - jerk/tug

Schilderte - described

Schüchternes - shy

Stopp! Halt! - Stop! Halt!

Touristischen - touristic

Ungewolltes - unwanted

Verzweiflung - despair

Vorfall - incident

Weg - way

11. Unerwartete Leidenschaft

Das sanfte Schimmern der Laternen beleuchtete die antiken Pflastersteine der Straßen Roms. Diana und Marco verließen das gemütliche Restaurant, in dem sie gerade zu Abend gegessen hatten. Die Atmosphäre war angenehm warm und der Geruch von frisch gebackenem Brot und Pasta lag in der Luft.

„Das Essen war fantastisch," bemerkte Diana, „Ich habe noch nie so leckere Carbonara gegessen."

Marco lächelte. „Das ist das Beste an Rom – das Essen. Und natürlich die Gesellschaft," fügte er mit einem schelmischen Lächeln hinzu.

Sie schlenderten die Straße entlang, und die Gespräche vertieften sich. Marco erzählte von seiner Kindheit in Rom und Diana von ihren Reisen durch Europa. Trotz ihrer unterschiedlichen Hintergründe fühlten sie eine unerklärliche Anziehungskraft zueinander.

„Ich habe ein Apartment in der Nähe," sagte Marco schließlich. „Es hat einen wunderbaren Blick über die Stadt. Möchtest du es sehen?"

Diana zögerte einen Moment. Normalerweise war sie nicht so impulsiv, besonders bei Männern, da sie Frauen bevorzugte. Aber irgendetwas an Marcos vertrauenswürdigem Lächeln und seinem Charme zog sie an. „Klar, warum nicht?" erwiderte sie.

Sie erreichten ein altes, aber stilvoll renoviertes Gebäude. Marco führte sie hinauf und öffnete die Tür zu einer wunderschönen Wohnung, die den Charme des alten Roms mit modernem Luxus kombinierte.

„Wow, das ist beeindruckend," staunte Diana.

Marco schenkte Wein ein und sie setzten sich auf das Sofa. Das Gespräch wurde intimer, die Blicke intensiver. Eine sanfte Musik spielte im Hintergrund und Diana fand sich bald in Marcos Armen wieder, sie tanzten eng umschlungen. Ihre Blicke trafen sich und sie verloren sich in einem langen, leidenschaftlichen Kuss.

Die Stunden vergingen wie Minuten. Diana, die normalerweise so unabhängig und stark war, fühlte sich bei Marco seltsam sicher und geborgen. Sie wusste nicht, wohin dieser Abend führen würde, aber in diesem Moment war es ihr egal. Sie ließen sich von ihren Gefühlen leiten.

Die Nacht zog sich hin, und als die ersten Sonnenstrahlen durch das Fenster schienen, schliefen sie ein, eng umschlungen, und träumten beide von einer unbekannten Zukunft.

Anziehungskraft - attraction

Blicke - glances

Charme - charm

Eng umschlungen - closely intertwined

Fantastisch - fantastic

Geborgen - secure

Gemütliche - cozy

Leidenschaftlichen - passionate

Renoviertes - renovated

Schimmern - shimmer

Schließlich - finally

Stilvoll - stylish

Unerklärliche - inexplicable

Unerwartete - unexpected

Unabhängig - independent

Vertieften - deepened

Vertrauenswürdigem - trustworthy

Wohnung - apartment

12. Tage der Leidenschaft

Die römische Sonne schien hell durch das Fenster, als Diana und Marco aufwachten. Das Laken war zerwühlt, ein Zeugnis ihrer leidenschaftlichen Nacht. Marco, mit seinen dunklen Haaren und gebräunter Haut, stand auf und ging in die Küche. Bald hörte Diana das Klirren von Geschirr und den Duft von frischem Kaffee.

„Komm, Bella," rief Marco mit einem Lächeln, das seine weißen Zähne zeigte. „Das Frühstück ist fertig."

Jeder Tag mit Marco war ein Abenteuer. Sie entdeckten gemeinsam die geheimen Ecken von Rom, schlenderten Hand in Hand durch die engen Gassen, besuchten die prächtigen Museen und saßen stundenlang in kleinen Cafés, tranken Wein und beobachteten die Welt. Marco erzählte Diana Geschichten aus seiner Jugend, von seiner ersten Liebe, seinem ersten gebrochenen Herzen.

Eines Abends, nach einem Besuch im Kolosseum, führte Marco Diana zu einem kleinen, versteckten Restaurant. „Für dich," sagte er und überreichte ihr ein kleines Päckchen. Es war ein silbernes Armband mit einem Anhänger in Form eines Herzens. Diana war berührt von seiner Geste und legte es sofort an.

Zurück in Marcos Wohnung kochten sie gemeinsam. Diana lernte die Kunst der italienischen Küche, während Marco ihr Geschichten über die Rezepte seiner Großmutter erzählte. Die Küche füllte sich mit dem Duft von Knoblauch, Tomaten und frischen Kräutern. Nach dem Essen tanzten sie zur Musik eines alten Radios und ließen sich schließlich erschöpft auf das Sofa fallen.

Die Intimität zwischen ihnen wuchs. Sie verbrachten Stunden im Bett, teils schlafend, teils wach, teils in leidenschaftlicher Umarmung. Doch mit der Zeit begann Diana, sich von der Intensität ihrer Beziehung überwältigt zu fühlen. War es Liebe? Oder war es nur die Magie von Rom, die sie so fühlte?

Eines Abends, als sie auf dem Balkon standen und den Sonnenuntergang über der Stadt beobachteten, brachte Diana ihre

Gefühle zur Sprache. „Marco, was ist das zwischen uns? Ist es Liebe oder nur eine flüchtige Affäre?"

Marco sah sie lange an, dann lächelte er traurig. „Diana, manchmal ist es schwer, das herauszufinden. Lass uns einfach den Moment genießen."

Und das taten sie. Aber in Dianas Herzen wuchs der Zweifel. Sie wusste, dass Entscheidungen bevorstanden. Entscheidungen, die ihr Leben für immer verändern könnten.

Anhänger - pendant

Bella - beautiful (term of endearment)

Berührt - touched (emotionally)

Duft - scent

Ecke - corner

Entscheidungen - decisions

Flüchtige - fleeting

Gebräunter - tanned

Geschirr - dishes

Herauszufinden - to find out

Intensität - intensity

Intimität - intimacy

Knoblauch - garlic

Kräuter - herbs

Laken - sheet (bed sheet)

Magie - magic

Moment - moment

Prächtigen - magnificent

Radios - radios

Rezepte - recipes

Silbernes - silver

Sonnenuntergang - sunset

Tomaten - tomatoes

Traurig - sad

Umarmung - embrace

Zerwühlt - tousled

13. Zeit des Abschieds

Als Diana an diesem Morgen die Augen öffnete, fühlte sie eine Veränderung in der Luft. Das goldene römische Licht schien durch das Fenster, doch anstatt Freude fühlte Diana eine tiefe Melancholie. Sie blickte zu Marco, der noch schlief, und in diesem friedlichen Moment wurde ihr klar, dass sie nicht die Einzige in seinem Leben war. Die kleinen Hinweise, die anfänglichen Zweifel, die sie bisher ignoriert hatte, kamen jetzt alle zusammen.

Während Diana im Bad war und sich für den Tag fertig machte, überdachte sie die letzten Tage. Marco war zweifellos charmant, sein Lächeln ansteckend und seine Aufmerksamkeit schmeichelhaft. Aber die Art, wie er mit anderen Frauen sprach, die Blicke, die sie austauschten, all das verriet seine Natur als „Frauenheld".

Das Frühstück war ruhig. Ein einfacher Tisch, bedeckt mit Croissants, frischem Obst und dampfendem Kaffee. Marco spürte, dass etwas in der Luft lag, aber er sprach nicht darüber. Es war Diana, die das Schweigen brach.

„Marco", begann sie zögerlich, „ich denke, es ist Zeit für mich, nach München zurückzukehren."

Er schaute auf, seine dunklen Augen suchten ihre. „Warum? Was ist passiert?"

Diana atmete tief durch. „Ich habe das Gefühl, dass, obwohl wir eine wunderbare Zeit zusammen hatten, wir auf unterschiedlichen

Wegen sind. Ich habe das Gefühl, dass du immer nach dem nächsten Abenteuer suchst."

Marco seufzte und lehnte sich zurück. „Du meinst, weil ich ein Frauenheld bin?"

Diana nickte. „Ja. Und während ich die Zeit, die wir zusammen verbracht haben, wirklich geschätzt habe, denke ich, dass es das Beste ist, wenn ich gehe."

Ein kurzer Moment des Schweigens folgte, dann lächelte Marco schwach. „Ich schätze, ich kann nicht leugnen, wer ich bin. Aber ich habe unsere Zeit zusammen wirklich genossen, Diana."

Sie lächelten sich an, traurig, aber wissend, dass es das Beste war.

Nach dem Frühstück beschlossen sie, ihren letzten Tag in Rom zusammen zu verbringen. Sie schlenderten durch die kopfsteingepflasterten Straßen, besuchten den Trevi-Brunnen, warfen Münzen hinein und machten Wünsche. Sie aßen Gelato auf der Spanischen Treppe und lachten über gemeinsame Erinnerungen.

Am Abend, als die Sonne hinter den historischen Gebäuden von Rom unterging, standen sie vor Dianas rotem Sportwagen. Es war Zeit, Abschied zu nehmen.

„Ich werde unsere Zeit zusammen nie vergessen", flüsterte Marco und zog Diana in eine enge Umarmung.

„Ich auch nicht", antwortete Diana und Tränen füllten ihre Augen.

Sie trennten sich, und Diana stieg in ihr Auto. Als sie den Motor startete und aus der Stadt fuhr, schaute sie in den Rückspiegel und sah Marco, der ihr nachschaute. Mit einem Lächeln auf den Lippen und Tränen in den Augen fuhr sie weiter, bereit für das nächste Kapitel in ihrem Leben.

Ansteckend - contagious

Aufmerksamkeit - attention

Austauschten - exchanged

Bedeckt - covered

Croissants - croissants

Frauenheld - womanizer

Frischem - fresh

Gemeinsame - common/shared

Kopfsteingepflasterten - cobblestone-paved

Melancholie - melancholy

Münzen - coins

Natur - nature

Schweigen - silence

Seufzte - sighed

Trevi-Brunnen - Trevi Fountain

Verriet - revealed/betrayed

Wegen - paths

Wünsche - wishes

Zweifel - doubts

Der Überfall

1. Plötzliche Gefahr

Es war ein sonniger Nachmittag, als Diana Rom in ihrem glänzenden roten Sportwagen verließ. Der Wind wehte durch ihr dunkelrotes Haar, welches sie gerade erst gefärbt hatte. Die Straßen waren fast leer, und sie ließ den Motor aufheulen, während sie ihre Reise fortsetzte.

Plötzlich sprang ein maskierter Mann direkt vor ihr Auto. Diana trat hart auf die Bremse, das Auto quietschte und kam nur wenige Zentimeter vor dem Mann zum Stehen. Der Fremde, der eine schwarze Maske trug, die nur seine Augen freigab, richtete eine Pistole direkt auf sie. „Fahr!", befahl er mit einer tiefen, drohenden Stimme.

Diana, mit klopfendem Herzen und einem klammen Gefühl der Angst, gehorchte sofort. Sie versuchte ruhig zu bleiben, obwohl ihre Hände am Lenkrad zitterten. Nach einer kurzen Fahrt, die wie eine Ewigkeit schien, befahl der maskierte Mann ihr, vor einem verlassenen, baufälligen Gebäude anzuhalten. Das Haus wirkte alt und verlassen, mit zerbrochenen Fenstern und heruntergekommenen Wänden.

Ohne Zeit zu verlieren, zerrte der Mann Diana aus dem Auto, fesselte ihre Hände mit Handschellen und führte sie in das Gebäude. Sie gingen durch einen dunklen, feuchten Gang, bis er eine schwere Metalltür öffnete und sie in einen dunklen Keller stieß.

In dem schwach beleuchteten Raum konnte Diana die Umrisse von zwei anderen Personen erkennen, die ebenfalls gefesselt und sichtlich verängstigt waren. Ihre Augen mussten sich an die Dunkelheit gewöhnen, aber nach einigen Momenten erkannte sie, dass es sich um ein junges Paar handelte.

„Warum tut ihr uns das an?", flüsterte die junge Frau, ihre Stimme zitternd vor Angst.

Der junge Mann versuchte, sie zu beruhigen. „Alles wird gut. Wir müssen nur ruhig bleiben."

Die Frau nickte, doch Diana konnte sehen, dass sie Tränen in den Augen hatte. „Unser Entführer gehört zur Mafia", flüsterte sie Diana zu. „Sie wollen Lösegeld für uns."

Diana spürte, wie sich ein eisiger Schauer über ihren Rücken ausbreitete. Sie musste einen Ausweg finden, und zwar schnell. Während der maskierte Mann den Raum verließ und die Tür hinter sich abschloss, begann Diana, ihre Umgebung genauer zu untersuchen.

In einer Ecke des Kellers bemerkte sie einen kleinen Lüftungsschacht. Es könnte ihre einzige Chance sein, zu entkommen. Mit einem leisen Flüstern machte sie das junge Paar auf ihre Entdeckung aufmerksam. Gemeinsam begannen sie, einen Plan zu schmieden, in der Hoffnung, dem Albtraum zu entkommen, in den sie geraten waren.

Albtraum - nightmare

Anzuhalten - to stop

Aufheulen - roar (in this context, refers to the car's engine)

Baufälligen - dilapidated

Befahl - ordered/commanded

Dunkelrotes - dark red

Entdeckung - discovery

Entführer - kidnapper

Ewigkeit - eternity

Fahr! - Drive!

Gefärbt - dyed

Gefesselt - bound/tied up

Geraten - gotten into

Glänzenden - shiny

Heruntergekommenen - rundown

Klopfendem - beating (in context, referring to the heart)

Klammen - clammy

Lösegeld - ransom

Lüftungsschacht - ventilation shaft

Mafia - mafia

Maskierter - masked person

Pistole - pistol

Plötzlich - suddenly

Quietschte - squealed (refers to the brakes of the car)

Schauer - shiver

Stehen - to stop (in this context, refers to the car coming to a stop)

Untersuchen - to examine

Verließ - left

Zerrte - yanked

2. Risse in der Mafia

Diana spürte, dass sie nicht viel Zeit hatte. Die feuchten Wände des Kellers schienen sie zu erdrücken, und die Luft war schwer und stickig. In der Dunkelheit hörte sie das leise Flüstern der anderen Geiseln. Sie alle hatten Angst, aber Diana wusste, dass sie stark bleiben mussten.

Plötzlich hörte sie Stimmen von draußen. Es schien, als ob die Mafiagruppe sich nicht einig war. „Wir sollten sie loslassen! Das bringt uns nur in Schwierigkeiten", sagte eine tiefe Stimme. Eine andere, schärfere Stimme antwortete: „Nein! Sie sind unsere Versicherung."

Diana presste ihr Ohr gegen die kalte Wand und versuchte, jedes Wort zu verstehen. Sie konnte die deutlichen Stimmenunterschiede zwischen den Mafiagruppen erkennen. Einige waren besorgt über ihre Entscheidung, Geiseln zu nehmen, während andere dies als notwendig erachteten.

„Ich habe alles unter Kontrolle. Vertraut mir", hörte sie Antonio sagen. Seine Stimme war selbstbewusst, aber Diana konnte den Anflug von Panik in seiner Stimme hören.

Als sie weiterlauschte, erfuhr sie von einem geplanten Großgeschäft der Mafia. Es schien, als ob die Geiseln als Sicherheit oder gar als Druckmittel verwendet werden sollten.

Die Zeit verging, und Diana versuchte, einen Ausbruchsplan zu schmieden. Sie flüsterte den anderen Geiseln zu und erklärte ihnen den Plan, den sie im Kopf hatte. Das junge Paar nickte zustimmend. Sie waren bereit, alles zu riskieren, um aus dieser Situation herauszukommen.

In der Nacht wurde es besonders laut draußen. Die Stimmen wurden lauter, und es schien, als ob ein heftiger Streit im Gange war. Diana hörte Türen knallen und laute Rufe. Dies war ihre Chance.

Schnell und leise bewegten sie sich zum Lüftungsschacht. Es war nicht groß, aber sie konnten gerade so hindurchkriechen. Diana ging voran, gefolgt von dem jungen Paar. Sie schlichen durch den engen Schacht und versuchten, so leise wie möglich zu sein.

Plötzlich hörten sie Schritte. Ein Mitglied der Mafiagruppe kam näher. Ihr Herz raste, und sie drückten sich so fest wie möglich gegen die Wände des Schachts.

Diana hielt den Atem an, als sie den Schatten des Mafioso an der Wand sah. Er blieb einen Moment lang stehen, schien aber nichts Verdächtiges zu bemerken und ging weiter.

Nach dem, was wie Stunden schien, kamen sie endlich aus dem Schacht heraus und atmeten die frische Nachtluft ein. Sie rannten so schnell sie konnten, ohne zurückzublicken, bis sie sicher waren.

Trotz der Gefahren, denen sie begegnet waren, fühlte Diana sich erleichtert und dankbar, dass sie entkommen waren. Doch sie wusste auch, dass die Mafia sie nicht so leicht aufgeben würde. Sie musste vorsichtig sein.

Anflug - hint/touch (in this context, a hint of panic)

Atmeten - breathed

Begegnet - encountered

Druckmittel - means of pressure/leverage

Erdrücken - to crush/suffocate

Erleichtert - relieved

Geiseln - hostages

Großgeschäft - big deal/business transaction

Heftiger - fierce/violent

Hindurchkriechen - crawl through

Knallen - bang/slam

Rasse - race (in this context, referring to a racing heart)

Risse - cracks (in this context, referring to the title which implies divisions or disagreements)

Schatten - shadow

Schmieden - forge/plan

Selbstbewusst - self-confident

Sicherheit - security

Stickig - stuffy

Streit - argument/fight

Unterschiede - differences

Verdächtiges - suspicious (in this context, something suspicious)

Vertraut - trust (in this context, "trust me")

Vorsichtig - cautious/careful

Wände - walls (singular: Wand)

Weiterlauschte - continued to listen

3. Flucht aus der Gefahr

Die Nacht war stockfinster, nur das fahle Mondlicht durchbrach die Dunkelheit des Waldes. Diana, in ihrer typischen roten Jacke, führte die anderen Geiseln durch das Unterholz, wobei jeder Schritt sorgfältig abgewogen wurde, um kein Geräusch zu verursachen. Der dichte Wald verlieh ihnen etwas Deckung, aber sie wussten, dass sie nicht viel Zeit hatten.

„Hört ihr das?", flüsterte einer der Geiseln und deutete in die Ferne. Ein leises Heulen von Sirenen war zu hören. „Die Polizei sucht nach uns", sagte Diana, versuchte zu beruhigen, auch wenn ihr Herz im Hals klopfte.

Doch sie wussten, dass nicht nur die Polizei nach ihnen suchte. Das Knacken von Zweigen und das dumpfe Geräusch von Stimmen näherten sich. Antonio und seine Männer waren ihnen dicht auf den Fersen.

„Weiter!", zischte Diana, „Wir müssen zur Hauptstraße!"

Sie kamen an einer Lichtung an, in der Dianas roter Sportwagen stand. „Hört zu", sagte sie atemlos, „wir müssen uns trennen. Es wird schwieriger für sie sein, uns alle zu fangen, wenn wir in verschiedene Richtungen laufen."

Die anderen Geiseln nickten zustimmend. Diana sprang in ihr Auto und startete den Motor. Kaum hatte sie Gas gegeben, hörte sie das laute Brüllen eines anderen Autos. Die Verfolgungsjagd hatte begonnen.

Mit dem Wind in den Haaren und dem Adrenalinschub von der Gefahr raste Diana durch die engen Straßen. Sie nutzte ihre Fahrkünste, driftete in Kurven und beschleunigte auf geraden Strecken. Nach mehreren gefährlichen Manövern gelang es ihr, Antonio abzuschütteln.

Sie atmete tief durch und suchte nach einem sicheren Ort, um sich zu verstecken. Ein kleines Dorf lag vor ihr. Diana fuhr in eine kleine Gasse und fand ein verlassenes Haus. Sie parkte ihr Auto hinter dem Gebäude und schlich ins Innere. Das Haus war staubig und alt, aber es bot den dringend benötigten Schutz.

Sie zog ihr Handy aus der Tasche und wählte die Notrufnummer. „Ich bin Diana", sagte sie, ihre Stimme zitterte vor Angst, „ich wurde von der Mafia entführt. Ich bin jetzt sicher, aber sie sind immer noch hinter mir her."

Die Polizei versicherte ihr, dass Hilfe unterwegs war. Einige Zeit verging in angespannter Stille, bis Diana das Geräusch von Sirenen hörte. Die Polizei hatte eine großangelegte Operation gestartet, um die Mafia zu fassen.

Am nächsten Morgen, nachdem sie sicher war, dass die Gefahr vorbei war, entschied Diana, dass es Zeit war, nach München zurückzukehren. Sie setzte sich in ihr Auto, ließ Rom und alle beängstigenden Erinnerungen hinter sich. Mit dem festen Vorsatz, nie wieder in solch eine gefährliche Situation zu geraten, fuhr sie in Richtung Heimat.

Abgewogen - weighed/considered

Atemlos - breathless

Beängstigenden - frightening

Brüllen - roar

Deckung - cover/protection

Dringend - urgently

Driftete - drifted

Dumpfe - muffled

Fahle - pale/faint

Gas gegeben - accelerated (in this context, "stepped on the gas")

Hauptstraße - main road

Heulen - howl

Lichtung - clearing

Sichere - safe

Staubig - dusty

Stockfinster - pitch-dark

Unterholz - underbrush

Verfolgungsjagd - chase

Versicherte - assured

Verstecken - to hide

Zischte - hissed

4. Mafiakrieg

In den dunklen Gassen Roms war die Spannung spürbar. Seit Dianas Flucht hatte sich in der Mafia eine unruhige Atmosphäre gebildet. Flüstergespräche, misstrauische Blicke und eine allgemeine Nervosität beherrschten das Milieu.

In einem abgelegenen Lagerhaus, das von außen unscheinbar wirkte, fand ein heimliches Treffen der Mafiaoberhäupter statt. Lange Holztische waren mit Männern in dunklen Anzügen besetzt, deren Augen kalt und berechnend waren. In der Mitte des Raumes stand Antonio, der spürbar unter Druck war.

„Das ist alles deine Schuld, Antonio! Durch dich hat die Polizei jetzt einen Vorsprung!", sagte ein älterer Mann mit grauem Haar und scharfen Gesichtszügen.

Antonio, mit seinem charakteristischen schwarzen Hut und Mantel, antwortete selbstbewusst: „Ich hatte alles unter Kontrolle, bis sie entkam. Das war nicht vorhersehbar."

Der Raum war voller Spannung, und plötzlich zog einer der Männer eine Waffe. „Du hast uns alle in Gefahr gebracht!", schrie er, während er auf Antonio zielte. Ein Schuss hallte durch den Raum, gefolgt von mehreren anderen. Innerhalb von Minuten war das Lagerhaus in Chaos versunken, Mafiosi kämpften gegeneinander, und als der Rauch sich legte, waren viele tot oder schwer verletzt. Antonio, obwohl verletzt, hatte es geschafft zu entkommen.

In München erhielt Diana die Nachricht von den jüngsten Ereignissen. Ein Polizist namens Herr Müller informierte sie: „Es gab einen großen Schusswechsel in Rom. Einige Mafiamitglieder wurden getötet, andere verhaftet. Aber Antonio ist immer noch auf freiem Fuß."

Diana, in ihrer Wohnung sitzend, ihr rotes Haar im Kontrast zu ihren blassen grauen Augen, spürte die Kälte der Angst. „Was soll ich tun?", fragte sie, die Handflächen schweißnass.

Herr Müller antwortete: „Wir bieten Ihnen Schutz an. Es ist nicht sicher für Sie, hier zu bleiben."

Doch Diana wollte ihr Leben nicht aufgeben. Sie entschied sich, bei einem alten Freund, Stefan, unterzutauchen, der in einem ruhigen Vorort von München wohnte. Stefans Haus war gemütlich, umgeben von Bäumen und einem kleinen Garten. Hier fühlte sie sich sicher und geborgen.

Die Tage vergingen, und Diana versuchte, ein normales Leben zu führen. Sie las Bücher, sah fern und half Stefan im Garten. Doch die ständige Angst, von Antonio gefunden zu werden, ließ sie nie los. Jedes Geräusch, jeder unbekannte Anrufer ließ ihr Herz schneller schlagen.

Eines Morgens, als Diana ihre E-Mails überprüfte, bemerkte sie eine unbekannte Nachricht. Ihr Atem stockte, als sie sie öffnete: „Du kannst nicht entkommen. - A."

Ein Schauer lief ihr über den Rücken. Sie wusste, dass es Antonio war. Er war ihr näher, als sie dachte.

Diana war entschlossen, sich nicht von der Angst beherrschen zu lassen. Sie bereitete sich mental und physisch auf eine mögliche Konfrontation mit Antonio vor. Sie besuchte einen Selbstverteidigungskurs und überprüfte alle möglichen Fluchtwege aus Stefans Haus. Sie war bereit, sich ihrer Vergangenheit zu stellen, egal was kommen mochte.

Abgelegenen - secluded

Anrufer - caller

Beherrschen - dominate/control

Chaos - chaos

Flüstergespräche - whispered conversations

Gassen - alleys

Grauem - grey

Heimliches - secret

Informierte - informed

Konfrontation - confrontation

Lagerhaus - warehouse

Mafiakrieg - mafia war

Milieu - milieu/environment

Nachricht - message

Nervosität - nervousness

Selbstverteidigungskurs - self-defense course

Schusswechsel - shootout

Scharfen - sharp

Unscheinbar - inconspicuous

Vorsprung - lead/advantage

Waffe - weapon

Zielte - aimed

5. Das Duell

Es war ein ruhiger Abend in München. Die Sonne war bereits untergegangen und die Lichter der Stadt erhellten die Dunkelheit. Diana saß in ihrem Wohnzimmer und schaute sich einen Film an, als plötzlich die Haustür aufbrach.

Antonio stand in der Tür, sein Gesicht im Schatten, nur die glänzende Pistole in seiner Hand war klar sichtbar. „Diana", zischte er, „du dachtest, du könntest vor mir fliehen?"

Diana sprang auf, ihr Herz schlug wild. „Antonio... Was willst du von mir?"

Er trat näher, seine Augen kalt und berechnend. „Du hast mir alles genommen. Jetzt wirst du bezahlen."

Sie versuchte, ruhig zu bleiben und suchte nach einem Ausweg. Der Raum war klein, die Fenster zu hoch zum Springen. Antonio war zwischen ihr und der einzigen Tür. „Wo willst du hin?", fragte er spöttisch.

In diesem Moment klingelte Dianas Handy auf dem Couchtisch. Antonio war für einen Moment abgelenkt, und Diana nutzte die Gelegenheit. Mit einer schnellen Bewegung, die sie im Selbstverteidigungskurs gelernt hatte, schlug sie ihm die Pistole aus der Hand und warf sich auf ihn. Nach einem kurzen Kampf gelang es ihr, Antonio zu überwältigen und ihm Handschellen anzulegen, die sie immer bei sich trug.

Außer Atem rief sie die Polizei. „Ich habe ihn", sagte sie, ihre Stimme zitternd vor Erleichterung.

Als die Polizei eintraf, nahmen sie Antonio fest. Bei der Untersuchung stellte sich heraus, dass er für eine Reihe von Verbrechen in ganz Europa gesucht wurde, darunter Erpressung, Raub und Mord.

Die Nachricht von Dianas mutiger Aktion verbreitete sich wie ein Lauffeuer in der Stadt. Die Zeitungen feierten sie als Heldin, und bald wurde sie von der Bürgermeisterin von München mit einer Medaille für ihre Tapferkeit ausgezeichnet.

Bei der Zeremonie sagte Diana: „Ich bin nur froh, dass ich in der Lage war, mich und andere zu schützen. Ich hoffe, dass dies ein Zeichen dafür ist, dass wir uns alle gegen das Verbrechen wehren können."

Nach all dem Drama und der Aufregung entschied Diana, dass es Zeit für einen Neuanfang war. Sie kaufte ein kleines Haus auf dem Land, umgeben von Wäldern und Wiesen.

Hier, fernab von der Hektik der Stadt, begann sie ein neues Leben. Sie pflanzte einen Garten, nahm lange Spaziergänge in der Natur und schrieb ihre Erlebnisse nieder, in der Hoffnung, anderen zu helfen, die sich in gefährlichen Situationen befanden.

Während sie in ihrem Garten arbeitete, die Sonne auf ihrem Gesicht und der Wind in ihren roten Haaren, fühlte Diana sich endlich frei. Sie hatte nicht nur Antonio besiegt, sondern auch ihre eigenen Ängste. Jetzt konnte sie endlich in Frieden leben, bereit für das nächste Kapitel ihres Lebens.

Aufbrach - broke open

Ausgezeichnet - awarded

Bürgermeisterin - mayoress

Duell - duel

Erpressung - extortion

Fernab - far away from

Handschellen - handcuffs

Hektik - hustle and bustle

Lauffeuer - wildfire (figuratively, "spread rapidly")

Medaille - medal

Neuanfang - new beginning

Raub - robbery

Tapferkeit - bravery

Untersuchung - investigation

Verbrechen - crime

Zeremonie - ceremony

6. Hausrenovierung

Es war ein klarer und sonniger Tag, als Diana sich entschloss, ihr neu erworbenes Haus in München zu renovieren. Die strahlenden Sonnenstrahlen ließen das alte Gebäude in einem warmen Licht erstrahlen und enthüllten die Spuren der Zeit an dessen Fassade. Diana hatte bereits einige Ideen, wie sie das Haus nach ihren Wünschen gestalten könnte.

Mit einem Einkaufszettel in der Hand fuhr Diana in ihrem roten Sportwagen zum nächstgelegenen Baumarkt. Dort war sie beeindruckt von der Vielfalt der Farben und Tapeten, die zur Auswahl standen. Nach längerem Überlegen entschied sie sich für helle Farbtöne, die das Haus freundlich und einladend wirken lassen sollten. Besonders angetan hatte es ihr ein gemütliches Blumenmuster für die Tapete im Wohnzimmer.

Neben den Farben und Tapeten legte Diana auch verschiedene Werkzeuge in ihren Einkaufswagen: Pinsel verschiedener Größen, Farbrollen, Spachtel zum Glätten der Wände und Schleifpapier, um die alten Farbreste zu entfernen.

Zurück zu Hause begann Diana sogleich mit den Renovierungsarbeiten. Im Wohnzimmer riss sie die alte Tapete ab, was mehr Zeit in Anspruch nahm als gedacht. Doch die Vorfreude auf das Endergebnis motivierte sie, weiterzumachen. Nachdem die Wand vorbereitet war, trug Diana die beige Farbe auf. Der frische Anstrich verlieh dem Raum sofort ein neues, warmes Ambiente.

Doch während sie das Schlafzimmer strich, bemerkte Diana einen seltsamen, hohlen Klang hinter einer der Wände. Neugierig klopfte sie an verschiedene Stellen der Wand und stellte fest, dass eine bestimmte Fläche deutlich hohler klang als der Rest. Nach näherer Betrachtung bemerkte sie feine Risse, die die Kontur einer Tür andeuteten.

Mit etwas Kraft und einem Meißel brach Diana die Wand auf und entdeckte eine alte, zugemauerte Tür, die zu einem staubigen und dunklen Keller führte. Ein kalter Windhauch wehte ihr entgegen, als sie die Tür öffnete. Mit einer Taschenlampe bewaffnet wagte sie sich vorsichtig die steinernen Stufen hinunter.

Der Keller war voller alter Möbel und Kisten, die mit einer dicken Staubschicht bedeckt waren. Es war, als hätte die Zeit in diesem Raum stillgestanden. Während Diana den Raum erkundete, fragte sie sich, welche Geheimnisse dieser Keller wohl bergen mochte. Ein Gefühl von Aufregung durchzog sie, während sie sich darauf vorbereitete, den Keller und seine verborgenen Schätze näher zu erkunden.

Anstrich - coat (of paint)

Baumarkt - hardware store

Einkaufswagen - shopping cart

Einkaufszettel - shopping list

Erkundete - explored

Farbrollen - paint rollers

Fassade - facade

Farbreste - paint residues

Klang - sounded

Kontur - contour

Meißel - chisel

Pinsel - brush

Renovieren - renovate

Schleifpapier - sandpaper

Spachtel - spatula, scraper

Staubschicht - layer of dust

Tapete - wallpaper

Werkzeuge - tools

Zugemauerte - bricked up

7. Das Geheimnis des Kellers

Mit vorsichtigen Schritten betrat Diana den dunklen und geheimnisvollen Keller. Jede Stufe knarrte bedrohlich unter ihrem Gewicht und ließ sie kurz zögern. Dennoch drängte ihre Neugierde sie weiter vorwärts. Die kühle, feuchte Luft umhüllte sie und ließ sie leicht frösteln.

„Was könnte hier unten verborgen sein?" dachte sie, während sie mit ihrer Taschenlampe in die Dunkelheit leuchtete. Die schmale Lichtsäule enthüllte alte Steinwände, von denen Wasser tropfte, und einen festen Boden, der mit der Zeit von Staub und Schmutz bedeckt war.

Der Hauptkorridor des Kellers zog sich weit vor ihr hin und endete in der Dunkelheit. Diana beschloss, ihm zu folgen und zu sehen, wohin er führte. Nach einigen Minuten erreichte sie einen großen Raum, in dessen Mitte eine Holzkiste stand. Doch es war nicht nur diese eine Kiste. Als Diana ihre Taschenlampe über den Raum schwenkte, sah sie mehrere solcher Kisten, alle ordentlich gestapelt.

Sie trat näher heran und öffnete vorsichtig die nächstgelegene Kiste. Ein Schauer der Erregung durchfuhr sie, als sie das glänzende Gold und die funkelnden Juwelen im schwachen Licht ihrer Lampe sah. Ringe, Halsketten, Münzen - alles schien aus einer anderen Zeit zu stammen. Diana war sich ziemlich sicher, dass sie einen Schatz entdeckt hatte, der wahrscheinlich während der Napoleonischen Kriege versteckt worden war.

Sie konnte es kaum fassen und musste sich setzen, um das alles zu verarbeiten. Nach einer Weile beschloss sie, dass sie die Behörden informieren musste. Doch bevor sie ging, betrachtete sie den Schatz noch einmal und stellte sich vor, welche Geschichten sich um diese Gegenstände rankten.

Wieder an der Oberfläche, griff Diana sofort zum Telefon und informierte die Polizei und das Kultusministerium über ihren Fund. Es dauerte nicht lange, bis Experten an ihrer Tür standen und den Schatz begutachteten. Sie bestätigten, dass es sich um einen echten Schatz handelte, der wahrscheinlich im 19. Jahrhundert versteckt worden war.

Diana wurde als Finderin belohnt und erhielt einen beträchtlichen Anteil des Wertes des Schatzes. Doch mit der Freude über den Fund kam auch die Erkenntnis, dass ein solcher Schatz nicht nur Glück bringen, sondern auch Neider anziehen konnte. Sie war sich der Verantwortung bewusst, die mit einem solchen Fund einherging, und wusste, dass sie in Zukunft vorsichtig sein musste. Aber für den Moment genoss sie die Aufregung und das Abenteuer, das sie in ihrem eigenen Haus erlebt hatte.

Bedrohlich - menacing, threatening

Begutachteten - examined, inspected

Erregung - excitement

Frösteln - to shiver

Geheimnisvoll - mysterious

Gestapelt - stacked

Hauptkorridor - main corridor

Halsketten - necklaces

Juwelen - jewels

Kultusministerium - Ministry of Culture

Lichtsäule - beam of light

Münzen - coins

Napoleonischen Kriege - Napoleonic Wars

Neider - envious people

Schatz - treasure

Schwenkte - panned, swung

Verarbeiten - process, come to terms with

Versteckt - hidden

Zog - drew, pulled

8. Der Schatz von Bayern

Diana konnte kaum glauben, welchen Wirbel ihr Fund ausgelöst hatte. Kaum hatte die Nachricht von der Entdeckung den Rundfunk und die Nachrichtenagenturen erreicht, war ihr Haus von Journalisten und Neugierigen umgeben.

„Frau Diana", begann ein Reporter, „wie fühlt es sich an, einen solch unglaublichen Schatz direkt unter Ihrem Haus gefunden zu haben?"

„Ehrlich gesagt, es ist alles noch sehr überwältigend", antwortete Diana. „Ich hätte nie erwartet, auf so etwas zu stoßen, geschweige denn, dass es solch eine große Geschichte werden würde."

Obwohl der Schatz laut Gesetz dem Staat Bayern gehörte, erkannten die Behörden Dianas Rolle bei der Entdeckung an und gewährten ihr eine Belohnung von 10% des Wertes des Schatzes. Dies war ein beträchtlicher Betrag, und plötzlich wurde Diana nicht nur wegen ihrer Entdeckung, sondern auch wegen ihres neu gefundenen Reichtums bekannt.

In den folgenden Wochen war sie ständig im Rampenlicht. Sie gab Interviews im Fernsehen, stand auf Magazin-Covern und wurde zur Hauptattraktion bei verschiedenen Veranstaltungen. Überall, wohin sie ging, wurde sie von Menschen erkannt und um Autogramme oder Fotos gebeten.

„Es ist wirklich unglaublich, wie sich alles verändert hat", sagte sie zu einem Freund. „Vor einem Monat war ich nur eine normale Frau, die ihr Haus renovieren wollte. Und jetzt das!"

Doch mit dem Ruhm kamen auch die Schattenseiten. Einige versuchten, in ihr Haus einzubrechen, in der Hoffnung, noch mehr Schätze zu finden. Andere schickten Drohbriefe und forderten einen Teil ihrer Belohnung.

Aber das größte Problem war, dass sie erneut ins Visier der Mafia geraten war. Eines Tages erhielt sie einen anonymen Brief: „Gib uns das Geld oder du wirst es bereuen."

Diana war nicht bereit, sich bedrohen zu lassen. Sie informierte die Polizei, aber sie wusste, dass sie sich selbst schützen musste. Sie installierte ein Sicherheitssystem in ihrem Haus, mied öffentliche Veranstaltungen und versuchte, so unauffällig wie möglich zu bleiben.

Aber die Drohungen hörten nicht auf. Jeden Tag gab es neue Drohanrufe, und sie spürte ständig, dass sie beobachtet wurde. Es wurde ihr klar, dass sie Bayern verlassen musste, zumindest für eine Weile, bis sich die Dinge beruhigt hatten.

„Ich kann nicht glauben, dass ich das alles durchmachen muss", sagte sie zu einem engen Freund. „Aber ich werde nicht zulassen, dass diese Leute mein Leben kontrollieren."

Sie entschied sich, ins Ausland zu gehen, weit weg von der Gefahr und den Bedrohungen. Sie verkaufte ihr Haus und buchte einen Flug nach Namibia, in der Hoffnung, dass sie dort in Frieden leben könnte.

Während sie im Flugzeug saß, schaute sie aus dem Fenster und dachte an alles, was in den letzten Monaten passiert war. Es war ein verrücktes Abenteuer, aber sie war bereit für ein neues Kapitel in ihrem Leben, fernab von den Gefahren und dem Drama.

Autogramme - autographs

Bedrohen - to threaten

Belohnung - reward

Drohanrufe - threatening calls

Drohbriefe - threatening letters

Einbrechen - to break in

Fernseh - television

Hauptattraktion - main attraction

Magazin-Covern - magazine covers

Nachrichtenagenturen - news agencies

Neugierigen - curious people

Rampenlicht - limelight, spotlight

Reporter - reporter

Rundfunk - radio, broadcasting

Schattenseiten - downsides

Sicherheitssystem - security system

Unauffällig - inconspicuous

Veranstaltungen - events

Visier - crosshairs, sights

Wirbel - stir, commotion

9. Neuanfang in Namibia

Als Diana aus dem Flugzeug stieg, begrüßte sie die warme afrikanische Sonne. Sie atmete tief ein und spürte die trockene Luft Namibias in ihren Lungen. Alles war so anders hier, so weit weg von München und dem Trubel, den der Schatzfund verursacht hatte.

Sie fuhr in ihr gemietetes kleines Haus am Rand der Wüste. Es war ein einfaches Gebäude aus Lehm und Holz, aber es hatte alles, was sie brauchte. Vom Hinterhof aus hatte sie einen atemberaubenden Blick auf die endlose Sandlandschaft der Wüste.

In den ersten Wochen erkundete Diana die Gegend und lernte ihre neuen Nachbarn kennen. Sie war überrascht von der Freundlichkeit und Gastfreundschaft der Menschen in Namibia. Überall, wo sie hinging, wurde sie mit offenen Armen empfangen.

„Es ist so anders hier", sagte sie zu einem neuen Freund, einem einheimischen Namibier namens Kuda. „Ich fühle mich so frei und in Frieden."

Kuda lächelte. „Namibia hat diese Wirkung auf Menschen. Es ist ein Land, das dich heilt."

Diana fühlte sich inspiriert von der Schönheit des Landes und beschloss, ihre Leidenschaft für die Fotografie wieder aufzunehmen. Sie reiste durch das Land, fotografierte die atemberaubenden Landschaften, die Tierwelt und die Menschen. Ihre Bilder fingen die Essenz von Namibia ein, und bald wurden ihre Werke in lokalen Galerien ausgestellt.

Eines Tages, während sie in einem Café saß und die Sonne genoss, kam ein älterer Mann zu ihr. „Sind Sie die Fotografin, die diese wunderbaren Bilder von unserer Heimat gemacht hat?", fragte er.

Diana lächelte und nickte. „Ja, das bin ich. Freut mich, Sie kennenzulernen."

Der Mann stellte sich als Mr. Oshodi vor und erzählte Diana, dass er seit vielen Jahren in der Tourismusbranche tätig war. „Ihre Bilder könnten eine große Hilfe sein, um mehr Touristen nach Namibia zu bringen", sagte er.

Begeistert von der Idee begann Diana, mit Mr. Oshodi zusammenzuarbeiten. Gemeinsam organisierten sie Ausstellungen und Veranstaltungen, um die Schönheit Namibias zu präsentieren.

Monate vergingen, und Diana fühlte sich immer mehr zu Hause in Namibia. Die dunklen Tage in Bayern schienen wie ein ferner Traum.

Doch dann, eines Tages, als sie von einer Fotosession zurückkehrte, fand sie einen Umschlag auf ihrer Türschwelle. Neugierig nahm sie ihn auf und öffnete ihn. Es war ein einfaches weißes Blatt Papier, aber die Worte darauf ließen ihr Blut gefrieren: „Wir haben dich gefunden."

Diana wusste sofort, was das bedeutete. Die Mafia hatte sie auch in Namibia aufgespürt. Ihr Herz raste, als sie die ernste Bedrohung erkannte, die diese Worte darstellten.

Sie dachte an ihre neuen Freunde und die Gemeinschaft, die sie in Namibia gefunden hatte. Würden sie in Gefahr sein, weil sie hier war? Sie wusste, dass sie handeln musste.

Aber dieses Mal war sie vorbereitet. Sie hatte sich in den letzten Monaten mit Selbstverteidigung beschäftigt und war entschlossen, sich zu schützen.

Sie kontaktierte Mr. Oshodi und erzählte ihm von der Bedrohung. Er versprach, ihr zu helfen und stellte sicher, dass sie rund um die Uhr von Sicherheitsleuten bewacht wurde.

Während Diana sich auf das vorbereitete, was kommen mochte, wusste sie, dass sie nicht alleine war. Mit der Unterstützung ihrer neuen Freunde und der Gemeinschaft war sie bereit, sich der Mafia erneut zu stellen und für ihre Freiheit und Sicherheit zu kämpfen.

Atemberaubend - breathtaking

Ausgestellt - exhibited

Bedrohung - threat

Begrüßte - greeted

Erkundete - explored

Essenz - essence

Fotosession - photo session

Fotografin - female photographer

Gastfreundschaft - hospitality

Gemeinschaft - community

Heimat - homeland, home

Lehm - clay

Neugierig - curious

Tierwelt - wildlife

Tourismusbranche - tourism industry

Trubel - hustle and bustle, turmoil

Umschlag - envelope

Veranstaltungen - events

Vorhersehbar - predictable

10. Die Geschichte Namibias

Diana schlenderte durch die belebten Straßen von Windhoek, der Hauptstadt Namibias. Obwohl sie seit einiger Zeit in dem Land war, war sie immer wieder von den vielen Deutschen, die sie auf den Straßen hörte, überrascht.

In einem gemütlichen Café saß sie gegenüber von einem Einheimischen namens Kaleb. „Viele Namibier sprechen Deutsch wegen der Kolonialgeschichte", erklärte er.

„Wirklich? Ich wusste, dass Namibia einmal eine deutsche Kolonie war, aber ich hatte keine Ahnung, dass die Verbindung so tief verwurzelt ist", antwortete Diana.

Kaleb nickte. „Ja, von 1884 bis 1915 war Namibia unter deutscher Kolonialherrschaft. Es hat einen dauerhaften Einfluss auf unsere Kultur und Sprache hinterlassen."

Neugierig geworden, entschied sich Diana, das Nationalmuseum von Namibia zu besuchen. Hier wurde sie von den vielen Exponaten über die deutsche Kolonialzeit und ihre Auswirkungen auf die namibische Gesellschaft und Kultur ergriffen.

Während sie durch das Museum schlenderte, stolperte sie über ein Bild von deutschen Siedlern mit ihren namibischen Arbeitern. Die Kontraste und die Spannungen der damaligen Zeit waren deutlich zu spüren.

Ein älterer Mann, der neben ihr stand, bemerkte ihre Neugier. „Die Zeiten waren damals schwierig", sagte er. „Es gab viele

Konflikte und Kämpfe zwischen den Deutschen und den Einheimischen. Aber es ist auch ein Teil unserer Geschichte, den wir akzeptieren und aus dem wir lernen müssen."

Diana nickte. „Es ist wichtig, die Geschichte zu kennen und zu verstehen, um in der Gegenwart bessere Entscheidungen zu treffen", sagte sie nachdenklich.

In den folgenden Tagen tauchte Diana tiefer in die Geschichte Namibias ein. Sie besuchte historische Stätten, las Bücher und hörte Geschichten von den Einheimischen. Sie war beeindruckt von der Stärke und Widerstandsfähigkeit der namibischen Bevölkerung.

Eines Abends, als sie in ihrem Gästezimmer saß, reflektierte Diana über alles, was sie gelernt hatte. Sie schrieb in ihrem Tagebuch: „Namibia hat eine reiche und komplexe Geschichte. Es ist ein Land von Kontrasten und Konflikten, aber auch von Hoffnung und Erneuerung. Ich fühle mich privilegiert, hier zu sein und von seinen Menschen zu lernen."

Mit jedem Tag wuchs ihre Liebe und Wertschätzung für das Land und seine Menschen. Sie beschloss, länger in Namibia zu bleiben und mehr über seine Kultur und Traditionen zu erfahren. Es war klar, dass Namibia für Diana nicht nur ein Ort zum Fotografieren, sondern auch ein Ort des Lernens und Wachsens war.

Akzeptieren - accept

Arbeitern - workers

Belebten - busy

Besuchen - to visit

Ergriffen - moved, touched

Erneuerung - renewal

Exponaten - exhibits

Gästezimmer - guest room

Hauptstadt - capital city

Kolonialgeschichte - colonial history

Kolonialherrschaft - colonial rule

Kontraste - contrasts

Schlenderte - strolled

Siedlern - settlers

Spannungen - tensions

Stärke - strength

Stätten - sites

Verbindung - connection

Wertschätzung - appreciation

Widerstandsfähigkeit - resilience

11. Die Jagdeinladung

Während Diana durch die Straßen von Windhoek schlenderte und ihre Umgebung mit ihrer Kamera festhielt, bemerkte sie zwei große Männer, die sie interessiert beobachteten. Sie hatten rauhe, gebräunte Gesichter und trugen beide Khaki-Outfits - typisch für Jäger in dieser Region.

„Entschuldigung, sind Sie die Fotografin Diana?" fragte der größere der beiden Männer. Seine Stimme war tief und hatte einen leichten deutschen Akzent.

Diana sah auf und nickte. „Ja, das bin ich. Kann ich Ihnen helfen?"

Der kleinere Mann trat vor und reichte ihr die Hand. „Ich bin Dietrich und das ist Herman", sagte er und deutete auf seinen Begleiter. „Wir haben von Ihren beeindruckenden Fotografien gehört und dachten, Sie könnten interessiert sein, uns auf einer unserer Jagdreisen zu begleiten. Es gibt dort sicherlich viele Gelegenheiten für atemberaubende Aufnahmen."

Diana war neugierig, aber auch ein wenig besorgt. „Jagen? Das ist nicht wirklich mein Ding."

Herman lachte. „Keine Sorge, wir jagen nicht nur, wir beobachten und studieren auch die Tiere. Ihre Fotografien könnten dazu beitragen, das Bewusstsein für den Erhalt dieser Tiere zu schärfen."

Diana dachte nach. Das war eine Gelegenheit, etwas völlig Neues zu erleben. Und es könnte auch ein sicherer Ort sein, weit weg von der Mafia. „Gut, ich werde es versuchen", sagte sie schließlich.

Die Gruppe brach früh am nächsten Morgen auf. Während sie durch die endlosen Ebenen Namibias fuhren, zeigten Herman und Dietrich Diana verschiedene Tiere und erklärten ihre Gewohnheiten und Verhaltensweisen.

„Wissen Sie", sagte Herman, als sie an einem Wasserloch hielten, „jedes Tier hat seine eigene Geschichte. Es ist wichtig, sie zu verstehen und zu respektieren."

Am Lagerfeuer tauschten sie Geschichten aus. Diana erzählte von ihrer Zeit in Rom, während Herman und Dietrich ihre eigenen Abenteuer aus der Wildnis teilten.

„Es ist nicht immer leicht", sagte Dietrich, während er in die Flammen starrte. „Aber es gibt nichts Schöneres, als morgens aufzuwachen und die Schönheit der Natur um sich herum zu sehen."

Während der nächsten Tage lernte Diana von den Buschleuten, wie man Wasser aus Wüstenpflanzen extrahiert, welche Pflanzen essbar sind und wie man Spuren liest.

Eines Abends, während sie am Lagerfeuer saßen, hörten sie plötzlich ein lautes Knurren aus der Dunkelheit. Alle sprangen auf und griffen nach ihren Waffen.

„Was war das?" flüsterte Diana.

„Ein Leopard", sagte Herman leise. „Bleib ruhig und beweg dich nicht."

Sie hörten das Tier um das Lager herumstreifen, und nach einigen langen Minuten des Wartens verschwand es schließlich in der Dunkelheit.

Nach dieser Begegnung war Diana noch vorsichtiger, wenn sie durch die Wildnis reiste. Aber trotz der Gefahren fühlte sie sich lebendig und frei.

Während der letzten Nacht ihrer Reise saßen sie alle zusammen und sangen Lieder unter dem Sternenhimmel. Es war ein Moment der Einheit und des Friedens, und Diana wusste, dass sie diese Reise nie vergessen würde.

Begegnung - encounter

Beobachteten - observed/watched

Beobachten - to observe

Buschleuten - bush people

Ebenen - plains

Erhalt - preservation

Extrahiert - extracted

Festhielt - captured

Flammen - flames

Gewohnheiten - habits

Jagdreisen - hunting trips

Jagdeinladung - hunting invitation

Khaki-Outfits - khaki outfits

Knurren - growling

Lagerfeuer - campfire

Leopard - leopard

Sternenhimmel - starry sky

Verhaltensweisen - behaviors

Wasserloch - watering hole

12. Wilde Abenteuer

Während Diana, Herman und Dietrich in der namibischen Wildnis unterwegs waren, stießen sie auf eine Vielzahl von Wildtieren. Eines Tages, als die Sonne gerade unterging und die Landschaft in ein warmes goldenes Licht tauchte, bemerkte Diana eine Bewegung im hohen Gras. Mit ihrer Kamera zoomte sie heran und konnte einen Leoparden ausmachen, der sich an ihre Gruppe heranschlich.

„Herman, Dietrich, schaut mal dort hin!", flüsterte sie und deutete in die Richtung des Tieres.

Die beiden Männer griffen sofort nach ihren Gewehren und hielten Ausschau. „Bleib ruhig und beweg dich nicht", warnte Dietrich leise.

Während sie gespannt warteten, kam der Leopard näher, bis er nur noch wenige Meter von ihrem Lager entfernt war. Plötzlich sprang er vor und schnappte nach einem der Vögel, die in der Nähe waren, bevor er mit seiner Beute verschwand.

„Das war knapp", sagte Diana, noch immer ein wenig geschockt.

„Die Natur kann manchmal unberechenbar sein", antwortete Herman. „Man muss immer auf der Hut sein."

In den folgenden Tagen führten die Buschleute die Gruppe zu verschiedenen Wasserquellen und zeigten ihnen essbare Pflanzen. Während einer dieser Pausen sagte einer der Buschleute zu Diana: „Das Wasser hier ist sehr rein. Man kann es direkt trinken." Diana nahm einen Schluck und fühlte sich sofort erfrischt.

Abends, als sie um das Lagerfeuer saßen, kochte Dietrich ein traditionelles namibisches Gericht, während Diana und Herman den Sternenhimmel bewunderten.

„Die Sterne sehen hier so klar aus", bemerkte Diana.

„Ja", antwortete Herman. „Es ist einer der Gründe, warum ich es liebe, hier draußen zu sein. Die Ruhe und die Schönheit der Natur sind einfach unvergleichlich."

Als die Gruppe sich für die Nacht niederließ, übernahm Diana die erste Wache. Alles war still, bis sie plötzlich das Geräusch von Motoren hörte. Sie weckte sofort Herman und Dietrich.

„Ich höre Autos", flüsterte sie.

Die drei lauschten gespannt und erkannten bald, dass sie nicht allein waren. Scheinwerfer näherten sich ihrem Lager.

„Das kann nicht gut sein", murmelte Dietrich.

Wenige Minuten später kamen mehrere Autos zum Stehen, und Männer stiegen aus. Diana erkannte die Silhouetten - es war die Mafia.

„Was wollen die hier?", flüsterte sie.

„Ich weiß es nicht, aber wir müssen uns verstecken", antwortete Herman.

Die Gruppe versteckte sich im hohen Gras und beobachtete die Männer. Es war offensichtlich, dass sie nach Diana suchten.

Plötzlich sprang einer der Buschleute auf und schoss einen Pfeil ab, der einen der Mafiosi traf. Im darauf folgenden Chaos gelang es Herman und Dietrich, zwei der Männer zu überwältigen, während Diana Fotos von ihren Angreifern machte.

Angreifern - attackers

Ausschau - lookout

Beute - prey

Erfrischt - refreshed

Essbare - edible

Gewehren - rifles

Heranschlich - sneaked up

Mafiosi - mafioso

Motoren - engines

Pfeil - arrow

Ruhe - tranquility/peace

Scheinwerfer - headlights

Schluck - sip

Silhouetten - silhouettes

Sternenhimmel - starry sky

Überwältigen - overpower

Unberechenbar - unpredictable

Verstecken - hide

Wilde - wild

13. Konfrontation in der Wildnis

Die Dunkelheit der namibischen Nacht war so dicht, dass man fast das Gefühl hatte, sie berühren zu können. Diana kauerte hinter einem Felsblock, während Herman und Dietrich ihre Positionen einnahmen.

„Alles wird gut, Diana", flüsterte Dietrich, während er seine Waffe überprüfte. „Wir werden das hier durchstehen."

Herman nickte zustimmend und winkte sie näher heran. „Wenn du Schüsse hörst, bleib ruhig. Und was auch immer passiert, beweg dich nicht von hier weg."

Diana nickte, ihre Kehle fühlte sich trocken an. „Ich werde hier bleiben. Und... danke, euch beiden."

Bevor sie antworten konnten, brach die Stille der Nacht mit dem Klang von Motoren. Die Fahrzeuge der Mafia kamen näher. Die Spannung war förmlich greifbar.

„Jetzt geht's los", flüsterte Herman und spannte seine Waffe.

Die Autos kamen zum Stehen, und bald darauf hörten sie die Stimmen der Mafiosi, die durch die Dunkelheit hallten. „Komm raus, Diana! Wir wissen, dass du hier bist!", rief einer.

Diana hielt den Atem an, aber bevor sie reagieren konnte, eröffneten Herman und Dietrich das Feuer. Ein heftiger Schusswechsel entbrannte, bei dem die Schüsse und Schreie die nächtliche Ruhe zerrissen.

Während des Gefechts versuchte Diana, sich nützlich zu machen, indem sie Patronen und Vorräte zu Herman und Dietrich brachte. „Ich bin bei euch!", rief sie ihnen zu.

Nach einer gefühlten Ewigkeit, die in Wirklichkeit nur Minuten dauerte, wurde es still. Alle Mafiosi waren getötet oder hatten sich zurückgezogen.

Diana stürmte zu Herman und Dietrich. „Ihr seid in Ordnung?"

Die beiden Männer nickten, sichtlich erschöpft von dem Gefecht. „Ja, es geht uns gut. Aber wir sollten hier verschwinden, bevor noch mehr von ihnen auftauchen", sagte Herman.

Dietrich blickte sich um und deutete auf die Körper der Mafiosi. „Wir müssen sie loswerden."

Nach einer kurzen Diskussion beschlossen sie, die Körper in der Wüste zu begraben, weit weg von ihrem Camp. Diana half, obwohl sie sich von dem Gedanken, Körper zu begraben, angeekelt fühlte.

Als die Arbeit getan war, setzte sich die Gruppe ums Lagerfeuer. „Ich weiß nicht, wie ich euch jemals danken kann", sagte Diana mit Tränen in den Augen.

Dietrich legte tröstend einen Arm um sie. „Das musst du nicht. Wir sind eine Familie. Wir passen aufeinander auf."

Herman stimmte zu. „Das Wichtigste ist, dass du sicher bist. Und jetzt sollten wir wirklich darüber nachdenken, zurückzukehren."

Diana lächelte schwach. „Ja, aber ich werde Namibia nie vergessen. Trotz all der Gefahren habe ich mich hier zu Hause gefühlt."

Die drei saßen noch lange zusammen, blickten in die Flammen und hörten den Klängen der Wüste zu. Es war ein Moment des Friedens nach einer Nacht des Chaos. Und obwohl die Gefahr vorerst vorbei war, wusste Diana, dass sie immer wachsam bleiben musste.

Angeekelt - disgusted

Atem - breath

Berühren - to touch

Chaos - chaos

Dunkelheit - darkness

Erschöpft - exhausted

Felsblock - boulder

Gefecht - skirmish

Getötet - killed

Klang - sound

Klängen - sounds

Körper - bodies

Lagerfeuer - campfire

Patronen - bullets/cartridges

Schusswechsel - shootout

Stille - silence

Vorräte - supplies

Wachsam - vigilant

Waffe - weapon

Zerrissen - tore apart

14. Die Entscheidung

Diana stand auf der Veranda ihres kleinen Hauses in Namibia und blickte auf die unendliche Weite der Wüste. Die Stille, nur unterbrochen vom gelegentlichen Rauschen des Windes, war für sie sowohl tröstlich als auch beklemmend. Die Drohung der Mafia lastete schwer auf ihr.

Diana hörte, wie sich Schritte näherten, und drehte sich um. Es waren Herman und Dietrich. Die beiden hatten sie beschützt und sie durch einige der gefährlichsten Momente ihres Lebens geführt.

„Diana, du siehst besorgt aus. Was geht in deinem Kopf vor?" fragte Herman mit einem besorgten Blick.

„Ich denke darüber nach, nach Italien zurückzukehren. Ich kann nicht immer hier in Namibia versteckt bleiben," sagte sie und blickte ihn direkt an.

Dietrich trat einen Schritt näher und legte seine Hand auf ihre Schulter. „Diana, das ist zu gefährlich. Bleib hier bei uns. Du weißt, was dir in Italien droht."

Diana schüttelte seinen Griff ab und antwortete fest: „Ich kann nicht ständig auf der Flucht sein, Dietrich. Ich muss das beenden. Ich muss meine Freiheit zurückgewinnen."

Herman sah sie ernst an. „Was hast du vor?"

„Ich habe einen Freund in Rom, der mir helfen kann. Er hat Kontakte, er kann mir helfen, sicher zu sein," erklärte sie.

Dietrich seufzte. „Es ist dein Leben, Diana. Aber denk daran, dass wir immer hier sein werden, wenn du uns brauchst."

Mit diesen Worten gingen die beiden Männer, und Diana war wieder allein. Sie wusste, dass die Entscheidung, nach Rom zurückzukehren, ihre gefährlichste sein würde. Aber sie war entschlossen, sich nicht von der Mafia einschüchtern zu lassen.

Am nächsten Morgen packte Diana ihre Sachen. Ihr roter Sportwagen stand schon bereit. Sie ließ die Wüstenlandschaft Namibias hinter sich und fühlte eine Mischung aus Aufregung und Angst. Es war ein langer Weg nach Rom.

Nachdem sie die Hauptstadt erreicht hatte, mietete sie ein Zimmer in einem kleinen, charmanten Hotel in der Nähe des Kolosseums. Von dort aus hatte sie einen atemberaubenden Blick auf das antike Wahrzeichen.

Als sie ihre Taschen abstellte, klingelte ihr Telefon. Es war ein alter Freund aus Rom. „Diana, ich habe gehört, du bist zurück. Du musst vorsichtig sein."

„Ich weiß, Marco, ich weiß," sagte Diana. „Aber ich kann nicht immer fliehen. Ich brauche Hilfe."

Marco machte eine kurze Pause. „Ich kenne jemanden, der dir helfen kann. Ein Privatdetektiv namens Silvio. Er ist der Beste."

Diana lächelte dankbar. „Danke, Marco. Gib mir seine Nummer, und ich werde ihn anrufen."

Die beiden verabschiedeten sich, und Diana fühlte sich ein wenig besser. Mit Silvios Hilfe hoffte sie, der Mafia endlich entkommen zu können und ihr Leben in Frieden zu leben.

Abstellte - put down

Atemberaubenden - breathtaking

Beschützt - protected

Beenden - to end

Besorgt - worried

Charmanten - charming

Dankbar - grateful

Entkommen - to escape

Flucht - escape

Gefährlichsten - most dangerous

Hauptstadt - capital city

Hilfe - help

Kolosseum - Colosseum

Kontakte - contacts

Mischung - mixture

Privatdetektiv - private detective

Rauschen - rustling

Sachen - things/stuff

Seufzte - sighed

Veranda - veranda

Wahrzeichen - landmark

15. Der Plan

Das kleine Café in Rom, in dem Diana und Silvio sich trafen, war ein gemütliches und ruhiges Plätzchen. Die Holztische waren mit roten und weißen karierten Tischdecken bedeckt, und das sanfte Licht von Kerzen auf den Tischen schaffte eine intime Atmosphäre. Es war das perfekte Versteck, um ungestört zu sprechen.

Diana nahm einen Schluck von ihrem Espresso und sah Silvio tief in die Augen. „Ich weiß nicht, wie ich dir danken soll, dass du mir hilfst, Silvio. Die Mafia... sie werden nicht aufhören, bis sie mich haben.“

Silvio nickte ernst. „Ich kenne die Mafia gut, Diana. Aber ich habe auch einen Plan. Es wird riskant sein, aber wenn es funktioniert, wirst du endlich frei sein.“

Diana zögerte einen Moment. „Was schlägst du vor?“

Silvio lehnte sich vor. „Wir verwenden dich als Köder. Wenn die Mafia hört, dass du zurück in Italien bist, werden sie versuchen, dich zu schnappen. Aber ich werde bereit sein.“

Diana schaute ihn skeptisch an. „Das klingt sehr gefährlich.“

Silvio lächelte. „Ich habe mein Leben lang mit gefährlichen Menschen zu tun gehabt. Ich werde dich beschützen, das verspreche ich.“

Diana atmete tief durch und nickte. „Okay. Was ist der Plan?“

Silvio beschrieb die Details. „Du mietest ein kleines Haus in einem der halb verlassenen Dörfer in den Bergen. Die Mafia wird glauben, dass du dort alleine bist und versuchen, dich zu schnappen. Aber ich werde da sein, bereit, sie in eine Falle zu locken.“

Diana runzelte die Stirn. „Und was passiert dann?“

Silvio grinste. „Dann haben wir sie genau da, wo wir sie wollen. Wir werden sie festnehmen und sie zwingen, uns alles zu erzählen, was wir wissen müssen.“

Einige Tage später fand Diana das perfekte Haus in einem abgelegenen Dorf. Es war alt und ein wenig heruntergekommen, aber es würde für ihren Plan funktionieren. Sie zog ein und wartete.

Es dauerte nicht lange, bis die Mafia Wind davon bekam. Eines Abends hörte Diana das Geräusch von Autos, die sich dem Haus näherten. Sie versteckte sich und wartete.

Plötzlich wurde die Tür aufgestoßen und mehrere bewaffnete Männer stürmten ins Haus. Doch bevor sie reagieren konnten, sprangen Silvio und seine Männer aus ihrem Versteck und überwältigten die Mafiosi.

Nach einem kurzen, aber heftigen Kampf waren alle Mafiamitglieder gefesselt und wehrlos. Silvio trat vor und zog einen von ihnen hoch. „Wer hat dich geschickt? Wer ist euer Anführer?“

Der Mann zögerte einen Moment, dann sagte er zögerlich: „Al.“

Diana atmete scharf ein. „Al? Der Ehemann von Romina?“

Silvio nickte. „Ja, es scheint so. Es ist immer gut, seine Feinde zu kennen, nicht wahr?“

Diana sah die gefangenen Mafiamitglieder an und spürte eine Welle der Erleichterung über sich hinwegrollen. Dank Silvio war sie endlich in Sicherheit. Aber sie wusste auch, dass der Kampf noch nicht vorbei war. Sie musste Al finden und sich ein für alle Mal von der Mafia befreien.

Anführer - leader

Aufgestoßen - pushed open

Beschreiben - describe

Details - details

Dorf - village

Ehemann - husband

Erleichterung - relief

Falle - trap

Festnehmen - arrest

Gefesselt - tied up

Gemütliches - cozy

Grinste - grinned

Halb verlassenen - semi-abandoned

Heruntergekommen - run-down

Kampf - fight

Kerzen - candles

Köder - bait

Plätzchen - little place

Runzelte - furrowed

Scharf - sharply

Schnappen - to snatch

Versteck - hiding place

Wehrlos - defenseless

Wind - wind (as in getting a hint of something)

Zögerlich - hesitant

16. Das schockierende Geheimnis

Die Sonne neigte sich dem Horizont zu, als Diana und Silvio, begleitet von einer Gruppe Söldnern, sich Als Anwesen näherten. Das große, eindrucksvolle Haus stand auf einem Hügel und überblickte die Stadt Rom. Es war von hohen Mauern umgeben und von Läufern und Wachen patrouilliert.

Silvio gab den Söldnern ihre Anweisungen. „Wir müssen schnell und leise sein. Erwarten Sie Widerstand, aber wir haben den Überraschungseffekt auf unserer Seite."

Diana spürte, wie ihre Hände zitterten. Sie dachte an Romina und die Zeit, die sie zusammen verbracht hatten. „Warum?", flüsterte sie. „Warum musste Al der Chef sein?"

Als sie das Anwesen erreichten, machten sie kurzen Prozess mit den Wachen. Innerhalb von Minuten waren sie im Haus. Sie durchsuchten jeden Raum, bis sie schließlich Als Büro erreichten.

Die Tür wurde aufgestoßen und Diana trat ein. Al saß an seinem Schreibtisch, umgeben von Papieren und sah überrascht aus, als er sie sah. Er versuchte, eine Waffe aus der Schublade zu ziehen, aber Silvio war schneller und richtete seine Pistole auf Al.

„Diana?", sagte Al, seine Stimme voller Verwunderung.

Diana trat einen Schritt näher. Ihr Herz klopfte laut in ihrer Brust. „Warum, Al? Warum jagst du mich?"

Al sah sie direkt an. „Es ist nicht so einfach, Diana. Es gibt Dinge, von denen du nichts weißt."

Silvio drückte die Pistole gegen Als Stirn. „Rede, Al. Wer hat dir befohlen, Diana zu jagen?"

Al schluckte. „Es war nicht meine Idee. Ich habe Befehle von oben erhalten."

Diana war verwirrt. „Befehle von wem? Von Romina?"

Al schüttelte den Kopf. „Nein, nicht von Romina. Es gibt jemanden über mir. Jemanden mächtiger."

Silvio wurde ungeduldig. „Geben Sie uns die Informationen, die wir wollen, oder es wird Ihnen leidtun."

Al seufzte. „Es gibt einen Grund, warum ich dir nachjage, Diana. Einen Grund, den du nicht kennst."

Diana spürte, wie ihre Geduld zu Ende ging. „Dann sag es mir!"

Al schaute sie an, seine Augen gefüllt mit einem undefinierbaren Schmerz. „Es war ein Versprechen an eine alte Liebe. Eine Frau, die du nicht kennst. Und sie ist der Grund, warum ich alles getan habe."

Anwesen - estate

Befehle - commands/orders

Befohlen - commanded

Chef - boss

Eindrucksvolle - impressive

Gefüllt - filled

Geduld - patience

Geheimnis - secret

Jagst - chase

Klopfte - pounded

Läufern - runners (likely guards or sentries in this context)

Mächtiger - more powerful

Nachjage - chase after

Patrouilliert - patrolled

Prozess - process (here meaning "made quick work of")

Schublade - drawer

Söldnern - mercenaries

Überraschungseffekt - element of surprise

Undefinierbaren - undefinable

Verwunderung - astonishment

Wache - guard

Widerstand - resistance

17. Der letzte Konflikt

Das Büro, in dem sie sich befanden, war von einer bedrückenden Stille erfüllt. Die Sonnenstrahlen, die durch die Fenster schienen, beleuchteten die Staubpartikel, die in der Luft schwebten. Dianas Atem war ruhig, aber ihr Herz raste.

„Diana," begann Al, „du verstehst nicht alles. Die Mafia, die Geschäfte, das war nie mein Wunsch. Alles, was ich für Romina getan habe, war aus Liebe zu ihr."

Silvio, der immer noch die Waffe auf Al gerichtet hielt, schnaubte verächtlich. „Liebe? Durch Verbrechen und Gewalt?"

Al seufzte schwer. „Manchmal bringen uns die Umstände dazu, Dinge zu tun, die wir bereuen."

In diesem Moment öffnete sich die Tür des Büros und Romina trat ein. Ihre Augen waren gerötet, und als sie Diana sah, schossen Tränen in ihre Augen. „Diana, bitte...," flehte sie, „er hat es alles für mich getan. Für unsere Liebe."

Diana schaute von Al zu Romina und wieder zurück. Der Schmerz und die Verzweiflung in ihren Gesichtern waren echt. Aber konnte sie ihnen vertrauen? Nach allem, was geschehen war?

Al schien ihre Gedanken zu lesen. „Diana," sagte er leise, „ich biete dir alles Geld, das du willst, wenn du uns gehen lässt. Ich verspreche, dass du nie wieder von mir hören wirst."

Silvio schaute Diana fragend an, unsicher, wie sie reagieren würde. Sie nahm einen tiefen Atemzug. „Das Geld ist nicht wichtig. Aber ich will, dass ihr aus meinem Leben verschwindet. Für immer."

Al nickte. „Das ist ein Versprechen."

Diana schaute zu Romina. „Ich hoffe, du findest das Glück, das du suchst."

Romina nickte, Tränen in den Augen. „Danke, Diana."

Mit diesen Worten verließen Al und Romina das Büro. Silvio legte seinen Arm um Dianas Schultern. „Du hast das Richtige getan," sagte er.

Diana lächelte schwach. „Ich hoffe es."

Gemeinsam verließen sie das Gebäude.

Atem - breath

Bedrückenden - oppressive

Beleuchteten - illuminated

Bereuen - regret

Flehte - pleaded

Gerichtet - aimed

Gerötet - reddened

Schossen - shot (in this context, referring to tears springing to one's eyes)

Schnaubte - snorted

Seufzte - sighed

Umstände - circumstances

Verbrechen - crime

Verzweiflung - despair

Wunsch - wish

18. Neuanfang

Das Leben in München war wie ein frischer Neuanfang für Diana. Die Bäume entlang der Straßen standen in voller Blüte und die Cafés waren voller Menschen, die das Leben genossen. Es war weit entfernt von der Gefahr und dem Drama, das sie in den letzten Monaten erlebt hatte.

Eines Tages, während sie durch den Englischen Garten spazierte, stieß sie auf Silvio. Er saß entspannt auf einer Parkbank und blickte auf den ruhigen See. „Hallo Silvio," grüßte Diana mit einem Lächeln.

Silvio sah auf und ein warmes Lächeln breitete sich auf seinem Gesicht aus. „Diana! Wie geht es dir?"

„Mir geht es gut, danke," antwortete sie und setzte sich neben ihn. Die beiden sprachen über alles Mögliche, von Dianas neuem Fotostudio bis zu Silvios Plänen, mehr zu reisen.

Dianas Fotostudio florierte und sie reiste oft, um atemberaubende Bilder von Orten auf der ganzen Welt aufzunehmen. Egal, wohin sie ging, ihre Kamera war immer dabei.

Einmal im Jahr flog sie nach Namibia, um Herman und Dietrich zu besuchen. Die Erinnerungen an ihre gemeinsamen Abenteuer in der Wildnis brachten immer ein Lächeln auf ihr Gesicht.

Trotz der Freuden und Erfolge in ihrem Leben gab es Momente, in denen sie an die Vergangenheit dachte. An die Gefahren, denen sie sich gestellt hatte, und an die Entscheidungen, die sie getroffen hatte. Aber sie wusste, dass sie die richtige Wahl getroffen hatte.

München wurde ihr Zuhause. Sie verliebte sich in die Architektur, die Kultur und vor allem in die Menschen. Es war der Ort, an dem sie sich sicher und geliebt fühlte.

Mit der Zeit verblassten die Narben der Vergangenheit, und Diana fand Frieden. Sie wusste, dass sie, egal was passierte, immer einen Weg finden würde, weiterzumachen.

Und während sie in die Zukunft blickte, war sie voller Hoffnung und Vorfreude auf alles, was das Leben noch für sie bereithielt.

Atemberaubende - breathtaking

Blüte - bloom

Entfernt - distant, far

Erlebt - experienced

Florierte - flourished

Fotostudio - photo studio

Gemeinsamen - common

Genossen - enjoyed

Narben - scars

Neuanfang - new beginning

Spazierte - strolled, walked

Verblassten - faded

Vorfreude - anticipation

Wahl - choice

19. Münchens Nachtleben

Die Lichter von München funkelten in der Dunkelheit, während Diana in ihren roten Stöckelschuhen und ihrem schwarzen, knielangen Kleid durch die Straßen schlenderte. Die Stadt pulsierte vor Leben und Energie, und Diana war bereit, sich ins Münchener Nachtleben zu stürzen.

Sie betrat eine der modernsten Diskotheken der Stadt. Die Musik war laut, und der Bass ließ den Boden vibrieren. Diana ließ sich von der Musik mitreißen und tanzte losgelöst, ihr rotes Haar wirbelte um sie herum.

„Du tanzt wirklich gut," hörte sie eine weibliche Stimme neben sich sagen. Diana drehte sich um und sah eine junge Frau mit blonden Haaren und einem coolen Outfit. „Ich bin Anna," stellte sie sich vor, „Ich lege heute Abend hier auf."

Diana lächelte. „Schön dich kennenzulernen, Anna. Ich liebe die Musik hier."

Die beiden Frauen kamen ins Gespräch und fanden schnell Gemeinsamkeiten. Anna erzählte Diana von ihrer Karriere als DJane und lud sie zu einigen exklusiven Partys in München ein. Diana war begeistert von der Gelegenheit, mehr von der Münchener High Society zu erleben.

Auf einer dieser Partys, in einem luxuriösen Penthouse mit Blick über die Stadt, traf Diana auf Maximilian. Er war groß, hatte dunkles Haar und trug einen maßgeschneiderten Anzug. Sein Charme war unbestreitbar. „Hallo, ich bin Maximilian," sagte er mit einem charmanten Lächeln, „und wer ist die schöne Dame?"

Diana lachte leicht. „Ich bin Diana. Freut mich, dich kennenzulernen."

Die beiden kamen ins Gespräch und fanden schnell heraus, dass sie viele gemeinsame Interessen hatten. Sie sprachen über Reisen, Kunst und Musik. Die Chemie zwischen ihnen war unverkennbar.

„Würdest du morgen Abend mit mir ausgehen?" fragte Maximilian schließlich.

Diana lächelte. „Ja, das würde ich gerne."

In den folgenden Wochen verbrachten Diana und Maximilian viel Zeit miteinander. Sie besuchten Restaurants, gingen ins Kino und spazierten durch die Straßen Münchens. Ihre Beziehung wurde immer intensiver, und Diana fühlte sich in Maximilians Gesellschaft wohl und sicher.

Eines Abends, als sie in einem gemütlichen Café in der Altstadt saßen, schaute Diana Maximilian tief in die Augen und sagte: „Ich bin so froh, dass ich nach München gekommen bin. Ich habe das Gefühl, hier endlich ein Zuhause gefunden zu haben."

Maximilian lächelte und nahm ihre Hand. „Ich auch, Diana. Mit dir an meiner Seite fühlt sich alles richtig an."

In diesem Moment wusste Diana, dass sie in München bleiben wollte. Mit Freunden wie Anna und einem Mann wie Maximilian an ihrer Seite fühlte sie sich endlich angekommen.

Altstadt - old town

Angekommen - arrived, made it

Bass - bass

Diskotheken - discos

DJane - female DJ

Dunkelheit - darkness

Funkelten - sparkled

Gemeinsamkeiten - similarities, things in common

Gemütlichen - cozy

Gesellschaft - company

Intensiver - more intense

Knielangen - knee-length

Luxuriösen - luxurious

Mitreißen - sweep away, carry along

Penthouse - penthouse

Schlenderte - strolled

Stöckelschuhen - high heels

Unbestreitbar - undeniable

Unverkennbar - unmistakable

Vibrieren - vibrate

20. Die Liebe blüht auf

Die Straßen von München waren belebt, Menschen gingen eilig an den Schaufenstern vorbei, und das Klirren von Kaffeetassen klang aus den umliegenden Cafés. Inmitten dieses städtischen Treibens schlenderte ein Paar Hand in Hand, ihre Blicke sprachen Bände, ohne ein Wort zu sagen.

„Siehst du das Café dort drüben?" fragte Maximilian und deutete auf ein charmantes kleines Café mit Blumen vor dem Fenster. „Das war mein Stammcafé während meiner Studienzeit."

Diana lachte. „Und du hast es mir jetzt erst gezeigt?"

Maximilian zuckte mit den Schultern. „Ich wollte warten, bis der richtige Moment kommt."

Die beiden betraten das Café, und sofort umhüllte sie der warme Duft von frisch gebrühtem Kaffee. Sie setzten sich an einen Tisch am Fenster und bestellten Cappuccinos.

„Wie gefällt dir München bisher?" fragte Maximilian.

Diana lächelte. „Ich liebe es hier. Vor allem mit dir."

Die beiden tauschten einen verliebten Blick aus. Es war offensichtlich, dass sie tief ineinander verliebt waren.

In den folgenden Wochen unternahmen Diana und Maximilian viele Ausflüge mit Dianas rotem Sportwagen. Sie fuhren durch die Stadt, besuchten Museen, Parks und genossen die Sonne am Isar-Ufer. Maximilian zeigte Diana seine Lieblingsplätze, von historischen Gebäuden bis hin zu verborgenen Gassen.

Eines Tages überraschte Maximilian Diana mit einem spontanen Wochenendtrip in die Alpen. Sie fuhren durch malerische Landschaften, bis sie ein gemütliches Berghotel erreichten. Ihr Zimmer hatte einen atemberaubenden Blick auf die schneebedeckten Gipfel.

„Das ist unglaublich, Max!" rief Diana aus, als sie auf den Balkon trat.

Maximilian umarmte sie von hinten. „Ich wollte dir etwas Besonderes zeigen."

Die beiden verbrachten das Wochenende mit Wandern, Picknicken in den Bergen und gemütlichen Abenden vor dem Kamin im Hotel.

Als sie nach München zurückkehrten, stellte Diana Maximilian ihren Freunden vor. Anna, die DJane, Herman und Dietrich aus Namibia, und viele andere waren begeistert von dem Paar.

Monate vergingen, und Diana und Maximilian wurden unzertrennlich. Sie sprachen über ihre Zukunft, träumten von Reisen und einer eigenen Familie.

Eines Abends, während sie in einem romantischen Restaurant in der Altstadt von München dinierten, kniete Maximilian nieder und zog einen Ring aus seiner Tasche.

„Diana, willst du mich heiraten?" fragte er.

Diana, die Tränen in den Augen, nickte. „Ja, das möchte ich."

Die beiden umarmten sich fest, und der ganze Raum applaudierte.

In den folgenden Monaten planten sie ihre Hochzeit. Es sollte eine große Feier in München werden, mit all ihren Freunden und Familien. Sie freuten sich auf diesen besonderen Tag und auf das gemeinsame Leben, das vor ihnen lag.

Alpen - Alps

Applaudierte - applauded

Atemberaubenden - breathtaking

Ausflüge - excursions, trips

Berghotel - mountain hotel

Belebt - busy, lively

Blüht - blooms

Duft - scent

Frisch gebrühtem - freshly brewed

Gassen - alleys

Gipfel - peaks

Heiraten - marry

Historischen - historical

Ineander - into each other

Kaffeetassen - coffee cups

Klirren - clinking

Knielte - knelt down

Malerische - picturesque

Picknicken - picnicking

Schaufenstern - shop windows

Stammcafé - regular café

Treibens - hustle and bustle

Umliegenden - surrounding

Ungerfähr - about, approximately

Verliebt - in love

Wochenendtrip - weekend trip

Zuckte - shrugged

21. Vorbereitungen für die Hochzeit

Diana stand vor dem großen Spiegel im Brautmodengeschäft und betrachtete sich im weißen Kleid, das ihr Körper umschmeichelte. Das Kleid war aus feiner Spitze mit einem langen Schleier und funkelnden Kristallverzierungen.

„Du siehst umwerfend aus!" rief ihre beste Freundin Anna, die neben ihr stand und begeistert klatschte.

Diana drehte sich um und lächelte. „Meinst du wirklich?"

Anna nickte. „Ja, das ist definitiv das richtige Kleid für dich."

Nachdem das Kleid ausgewählt war, gingen die beiden in ein Café, um die nächsten Schritte zu besprechen. Über eine Tasse Kaffee diskutierten sie über die Details der Hochzeit.

„Die Kirche ist gebucht, und ich habe bereits die Einladungen bestellt," sagte Diana und zog eine der Einladungen aus ihrer Tasche. Es war eine elegante Karte mit goldenen Lettern und einem schlichten Design.

Anna lächelte. „Das ist so aufregend! Und ich kann es kaum erwarten, bei deiner Hochzeit aufzulegen."

Die beiden Frauen lachten und stießen mit ihren Kaffeetassen an.

In den folgenden Wochen war Diana mit den Vorbereitungen beschäftigt. Sie besuchte die Konditorei, um die perfekte Hochzeitstorte auszuwählen. Der Konditor zeigte ihr verschiedene Designs und Geschmacksrichtungen.

„Ich möchte etwas Elegantes, aber auch Schmackhaftes," sagte Diana.

Der Konditor nickte. „Wie wäre es mit einer dreistöckigen Torte mit Vanille und Erdbeerfüllung?"

Diana lächelte. „Das klingt perfekt!"

Während Diana die Details der Hochzeit plante, war Maximilian mit anderen Vorbereitungen beschäftigt. Er besuchte den Schneider, um seinen Anzug anpassen zu lassen, und arrangierte den Transport für die Gäste.

Eines Abends, als Diana und Maximilian zu Abend aßen, sprachen sie über ihre Gefühle.

„Ich kann nicht glauben, dass unser großer Tag bald kommt," sagte Diana.

Maximilian nahm ihre Hand. „Ich auch nicht. Aber ich freue mich so sehr darauf."

Diana lächelte. „Ich auch. Es wird der schönste Tag unseres Lebens."

Die beiden saßen noch lange zusammen und sprachen über ihre Träume und Hoffnungen für die Zukunft.

Während die Tage vergingen, wuchs die Aufregung. Die Einladungen wurden verschickt, die Dekorationen wurden ausgewählt, und die letzten Vorbereitungen wurden getroffen.

Schließlich war der große Tag gekommen. Die Kirche war mit Blumen geschmückt, die Gäste hatten sich versammelt, und alles war bereit.

Diana stand in einem Nebenzimmer der Kirche, atmete tief durch und bereitete sich auf den Moment vor, auf den sie so lange gewartet hatte.

Anna trat zu ihr. „Bist du bereit?"

Diana nickte. „Ja, ich bin es."

Die Musik begann zu spielen, und Diana trat aus dem Raum, bereit, den nächsten Schritt in ihrem Leben zu gehen.

Anpassen - adjust, tailor

Atmete - breathed

Aufregung - excitement

Aufzulegen - to DJ (in this context)

Begeistert - excited, thrilled

Brautmodengeschäft - bridal shop

Dekorationen - decorations

Dreistöckigen - three-tiered

Erdbeerfüllung - strawberry filling

Geschmackhaftes - tasty, delicious

Geschmückt - decorated

Karte - card

Konditor - pastry chef

Konditorei - pastry shop

Kristallverzierungen - crystal embellishments

Nebenzimmer - adjoining room

Schneider - tailor

Spitze - lace

Stießen - clinked (in this context)

Transport - transportation

Umschmeichelte - flattered (in the context of the dress flattering her figure)

Versammelt - gathered

Verschickt - sent out

22. Der große Tag

Der Himmel über München war klar und sonnig, als Diana langsam die Augen öffnete. Der Tag, auf den sie so lange gewartet hatte, war endlich gekommen. Sie konnte das Kribbeln in ihrem Bauch spüren, während sie sich die Decke über den Kopf zog, um ein paar Minuten länger im Bett zu bleiben.

Doch schon bald klopfte Anna an ihre Tür. „Komm schon, wir haben viel zu tun! Heute ist dein großer Tag!"

Diana lachte. „Ich komme ja schon!"

Im Wohnzimmer warteten bereits einige ihrer engsten Freundinnen auf sie. Es war ein Meer aus Glitzern und Lachen, als sie sich alle umarmten und auf den Tag vorbereiteten.

Während Diana in ihrem Kleid stand, half Anna ihr mit dem Reißverschluss. „Du siehst atemberaubend aus," sagte sie.

Diana blickte in den Spiegel. „Danke. Ich kann kaum glauben, dass dieser Tag endlich gekommen ist."

In der Kirche war Maximilian bereits angekommen. Er trug einen schlichten, aber eleganten schwarzen Anzug. Er sprach mit einigen Gästen und lachte, aber tief im Inneren war er nervös.

Als die Kirchenglocken zu läuten begannen, flüsterte er seinem besten Freund zu: „Glaubst du, sie kommt?"

Sein Freund lachte. „Natürlich kommt sie. Sie liebt dich."

Dann öffneten sich die großen Holztüren der Kirche, und Diana betrat den Raum. Die Sonne schien durch die Buntglasfenster und tauchte sie in ein goldenes Licht. Alle Augen waren auf sie gerichtet, während sie langsam den Gang entlangging.

Maximilian konnte seine Tränen nicht zurückhalten, als er sie sah. Sie sah aus wie ein Engel.

Die Zeremonie war emotional. Es gab Tränen, Lachen und viele berührende Momente. Als sie endlich ihr „Ja" sagten, klatschten alle Gäste Beifall.

Nach der Zeremonie stiegen Diana und Maximilian in ihren roten Sportwagen und fuhren zur Partylocation. Das Auto war mit Blumen und Bändern geschmückt, und sie lachten und küssten sich während der Fahrt.

Die Partylocation war ein großer Ballsaal mit glänzenden Kristalllüstern und goldenen Dekorationen. Es war eine Nacht voller Tanz, Musik und Glück.

Diana und Maximilian eröffneten den Tanz und waren das Zentrum der Aufmerksamkeit. „Ich liebe dich," flüsterte Maximilian Diana ins Ohr.

Sie lächelte und küsste ihn. „Ich liebe dich auch."

Die Nacht war magisch. Die Gäste tanzten, lachten und feierten bis in die frühen Morgenstunden. Es war der perfekte Abschluss für einen unvergesslichen Tag.

Als das letzte Lied gespielt wurde und die letzten Gäste gingen, saßen Diana und Maximilian auf einer Bank und blickten in den Sternenhimmel.

„Das war der beste Tag meines Lebens," sagte Diana.

Maximilian nahm ihre Hand. „Und es ist erst der Anfang unserer gemeinsamen Reise."

Angekommen - arrived

Anzug - suit

Aufmerksamkeit - attention

Auto - car

Ballsaal - ballroom

Bändern - ribbons

Beifall - applause

Buntglasfenster - stained glass windows

Decke - blanket

Gang - aisle (in this context)

Gäste - guests

Glitzern - sparkle

Glocken - bells

Holztüren - wooden doors

Kirchenglocken - church bells

Klatschten - clapped

Kribbeln - tingling

Läuten - ring

Lied - song

Partylocation - party venue

Reißverschluss - zipper

Schlichten - simple (in this context)

Sternenhimmel - starry sky

Zeremonie - ceremony

Zentrum - center

23. Ein neues Leben beginnt

Die frische Münchener Morgenluft füllte die neue Wohnung, als Diana und Maximilian durch die Räume schlenderten. Diana strahlte vor Glück, während sie ihren Blick durch die großen Fenster schweifen ließ. „Es ist perfekt," sagte sie.

Maximilian legte seinen Arm um ihre Taille. „Wie unsere Ehe," erwiderte er und küsste sie sanft auf die Stirn.

Während der nächsten Wochen waren sie damit beschäftigt, die Wohnung einzurichten. Diana hatte ein besonderes Auge für Details und schuf ein gemütliches Ambiente. Ihr Lieblingsraum war das Arbeitszimmer, in dem sie ihr Fotostudio einrichtete.

„Denkst du, das wird genug Platz für uns beide sein?" fragte Maximilian, während er einen großen Karton auspackte.

Diana lachte. „Für den Anfang ja. Aber wer weiß, vielleicht brauchen wir bald ein größeres Zuhause."

Die Flitterwochen auf den Malediven waren wie ein Traum. Die sonnendurchfluteten Tage und sternenklaren Nächte waren der perfekte Ort für das junge Paar, um ihre Liebe zu feiern. Diana fühlte sich frei und ungebunden, weit entfernt von den Schatten der Vergangenheit.

Nach ihrer Rückkehr stürzten sie sich in ihre Arbeit. Dianas Fotostudio florierte, und Maximilian eröffnete sein neues Geschäft. Das Leben in München bot ihnen unzählige Möglichkeiten.

Eines Abends, als sie nach einem langen Tag zu Abend aßen, sagte Diana: „Ich habe heute etwas erfahren."

Maximilian sah sie fragend an. „Was denn?"

„Ich bin schwanger," antwortete sie mit leuchtenden Augen.

Maximilian war sprachlos. Er stand auf, ging zu Diana und umarmte sie fest. „Das ist wunderbar! Wir werden Eltern!"

Die kommenden Monate waren gefüllt mit Vorbereitungen für das Baby. Diana und Maximilian besuchten Geburtsvorbereitungskurse, kauften Babykleidung und richteten das Kinderzimmer ein.

Trotz ihres vollen Terminkalenders nahmen sie sich immer Zeit füreinander. Sie reisten, entdeckten neue Kulturen und verliebten sich immer wieder neu ineinander.

Und schließlich, an einem warmen Frühlingstag, kam ihr erstes Kind zur Welt. Ein kleines Mädchen, das sie Lena nannten.

Das Leben war perfekt.

Eines Abends, als die Sonne über München unterging, stand Diana auf ihrem Balkon und blickte auf die Stadt. Sie fühlte sich gesegnet und dankbar für alles, was sie hatte.

Maximilian trat hinter sie und umarmte sie. „Alles wird gut," flüsterte er.

Diana nickte. „Ja, das wird es. Wir haben unseren Platz in der Welt gefunden."

Und während die Dunkelheit die Stadt umhüllte, wussten sie beide, dass sie zu Hause waren. Ende.

Ambiente - ambiance

Anfang - beginning

Arbeitszimmer - study or office

Balkon - balcony

Besonderes - special

Dunkelheit - darkness

Erwiderte - replied

Flitterwochen - honeymoon

Gefüllt - filled

Gemütliches - cozy

Geschäft - business, shop

Kinderzimmer - nursery, child's room

Leuchtenden - shining, radiant

Malediven - Maldives

Möglichkeiten - opportunities

Rückkehr - return

Schatten - shadows

Schlenderten - strolled, wandered

Sprachlos - speechless

Stirn - forehead

Strahlte - shone, radiated

Taille - waist

Unter - below, beneath

Wohnung – apartment, flat

Zuhause - home

9 798822 780914